KB260403

이
세상에
e-세상

이 책을

_______________님께 드립니다.

서용덕(徐龍德)
By Author：Abraham Yung So
http：//www.mijumunhak.com/ays
e-mail：us33arirang@naver.com/us33arirang@hanmail.net
(907) 235-3662(B)/(907)980-1179(C)

이 세상에 e-세상
서용덕 시집

초판 인쇄 | 2007년 12월 15일
초판 발행 | 2007년 12월 20일

지은이 | 서용덕
펴낸이 | 신현운
펴는곳 | 연인M&B
디자인 | 이희정
기 획 | 여인화
등 록 | 2000년 3월 7일 제2-3037호
주 소 | 143-874 서울특별시 광진구 자양동 680-25호 (2층)
전 화 | (02) 455-3987, 3437-5975   팩스 | (02) 3437-5975
홈주소 | www.yeoninmb.co.kr
이메일 | yeonin7@hanmail.net

값 8,000원

ISBN 89-89154-92-1 03810

徐龍德 詩集

이 세상에 *e*-세상

이 세상에는 e-세상이다 신선이 사는 무릉도원 천국 같은 블랙홀이 지뢰밭으로 깔린 e-세상에 생쥐 한 마리는 들썩들썩 문을 열어준다 그 많은 창문에서 그 많은 것을 내 것 찾고 찾아가는 스크린에 스며나는 저 모양들이 이 세상에 천하 신기루 e-세상을 이 세상으로 안위하게 살아갈 때 기름진 마음 차츰 말라 비틀어져 가고 신음하는 숨소리가 가빠지기 시작한다 이 세상에 웃자란 어린이가 e-세상에 어른 되었다고 세상 물정 모르는 어른들이 못 본 체하고 나 또한 e-세상 앞에서 숨소리 없이 생피 마르는 건조장을 모르는 e-세상에 눈독 들이대고 떠날 줄을 모른다.

연인 M&B

지금까지 일상의 위선을 방어하는 내면의 갈등을 이겨내려 진솔하고 투명한 것들을 안고 괴로워했다. 지천명(知天命)이 되어서 가슴과 영혼 속에 질서 없이 뒤엉킨 글들이 하나의 시(詩)로 엮어진 한(恨) 많은 노래들이었다.

이처럼 뜨거운 가슴에서 우러나온 응어리진 것들을 모아 시집(詩集)으로 엮어내었다.

여기에는 아직도 지극히 표면적이면서도 비속하고, 상투적인 일상의 것들이 연민과 조소가 얼룩진, 자기 비판과 현실 인식을 병든 영혼마저 씻어 보려고 하였다. 어쩌면 이 영적 싸움이 짧은 토막으로 호소하는 시적 이미지는 마음을 치료하기 위한 저항이며 투쟁이었는지도 모른다.

내가 세상을 바라보는 진리 속에 참 나를 찾아가는 과정에서, 편리한 과학은 내 생활을 앞질러 가며 나를 비웃는 것이 있었다. '정직하고 순수하면 성공하지 못한다' 는 것이다. 이런 황당한 세상에 가슴 뻥 뚫린 이기적인 위선으로 가로막는 시인(詩人)의 가슴을 황폐케 한다. 저명한 현대 소설가 'Le Clegio(르 클레지오)' 는 "아마 언젠가는 예술이란 것이 없고, 오직 약(藥)만이 있었다는 것을 알 것이다."고 경고하였다.

또한 밥 벌어 먹기 위해 시를 쓰는 것도 아니다. 시쳇말로 '시인이 되면 돈이 나와 밥이 나와' 하고 비아냥하는 말들이 서글프다. '어쩌면 저렇게 메마른 감성을 가지고 살아갈까' 하는 안따까운 마음이지만, 시를 쓰는 일은 순수한 마음 드러내는 문학의 꽃을 피우는 일이다. 다만 인생 고백으로 뿜어져 나오는 여섯 가지 감정의 희로애락애원(喜怒哀樂愛怨)

의 역설적인 아이러니(irony)다.

그러나 이 세상에는 e-세상처럼 편리해졌다. e-세상으로 인문학이 매장당한 현실을 가만히 두고 볼 일이 아니다. 인문학을 살려내는 일이 시인들이 앞장서서 해야 할 책임감 있는 몫이 되어야 한다. 인문학으로부터 살아 있는 언어는 시가 주는 감동이다. 나 자신을 스스로 돌아보며 인간의 품위를 가장 가까이 보여야 한다. 부족하지만 너도 나도 시인들이라 할 수 있도록 절실한 시대에 동참하는 한 사람이 되고자 하였다.

그래서 누구나 다 시인들이라 하였다. 오늘도 무심코 어디서든지 감동이 오는가!

그러면 그대 또한 시인이 된 것이다. 그러한 일상의 느낌을 받아 쓰여진 언어가 바로 이러한 시가 되었다는 것을, 특별히 시를 사랑하는 사람들에게 간절히 말하고 싶었다. 아울러 첫 시집으로 선보이면서, 더욱더 열심히 정진하는 첫 걸음으로 출발하고자 열정과 의지를 가지고 발간하였습니다.

시집 출간을 애써주신 연인M&B 신현운 사장님, 그리고 아낌없이 격려해 주신 유한근 교수님과 김우영 선생님의 서평에 진심으로 감사를 드립니다.

2007년 11월 30일

알래스카 앵커리지에서

서용덕

서용덕 시인은 한마디로 입지전적인 시인이다. 미국 이민 생활 25년여 동안 중국집 접시닦이로 시작, 중국요리의 달인이 되어 지금은 중국집을 직영하면서 한국의 문예지 〈미네르바〉의 2007년도 신춘문예 응모 시부문에서 신인상을 수상했기에 더욱 입지전적이다.

다른 많은 시인들처럼 서용덕 씨의 시는 대부분이 수면 위로 갑자기 머리를 내미는 바닷가재처럼 일상생활의 저변에서 부딪치며 깨어지는 포열음—고뇌와 분노 그리고 비애의 소산물—처럼 느껴지며 불의에 영합하지 않으려는 그의 비타협적인 자세는 카뮈를 연상케 한다.

고달픈 생활전선을 누비며 서용덕 씨는 그동안 틈틈히 시작(詩作)에 몰두함으로써 감정의 순화가 있었다고 하겠으나

그의 가슴속 한구석에는 여전히 응고된 응어리가 혈전처럼
도사리고 있다. 이 응어리는 앞으로 보다 순수한 시작(詩作)
을 통하여 박진력 있는 시(詩)로 승화하고 이리하여 카타르
시스와 소산작용도 자연히 성취하기를 바란다.

　시인 서용덕 씨의 첫 시집 출간을 진심으로 축하하며 머지
않은 장래에 변모된 또 다른 시집을 기대해 본다.

2007년 11월 30일
알래스카 앵커리지에서
손길영(시인 · 국제P.E.N 회원)

| 차례 |

1부

1부

e-세상 1

이 세상에는
e-세상이다

신선이 사는 무릉도원 천국 같은
블랙홀이 지뢰밭으로 깔린 e-세상에
생쥐 한 마리는 들썩들썩 문을 열어준다

그 많은 창문에서
그 많은 것을 내 것 찾고 찾아가는
스크린에 스며나는 저 모양들이
이 세상에 천하 신기루

e-세상을
이 세상으로 안위하게 살아갈 때
기름진 마음 차츰 말라 비틀어져 가고
신음하는 숨소리가 가파지기 시작한다

이 세상에 웃자란 어린이가
e-세상에 어른 되었다고
세상 물정 모르는 어른들이 못 본 체하고

나 또한 e-세상 앞에서 숨소리 없이
생피 마르는 건조장을 모르는
e-세상에 눈독 들이대고 떠날 줄을 모른다.

e-세상 2

열린 세상
e-마음은
마른 나무 토막 같아
아무런 근심 걱정 없다는데

e-세상에
e-시간은
말 잘 듣는
로봇 훈련장 교육을 받아

자판기 두들겨
춤추는 e-사람 불러 사랑을 하고
고민하는 인생 문제 맡겨버려

이 세상과 벽을 쌓아
친구도 이웃도 형제 간이 필요 없어
e-세상에 로봇처럼 길들인
열린 e-세상으로 맛을 알았네

구억만리 지구촌 눈앞에 있으니
닫힌 세상 이 세상은
마음에 가두어 놓고

그래도 e-세상 정말 좋아
사람이라 하면서 e-사람 되어

이 세상 거리 거리에
요란하게 울려대는 나팔 소리는
진짜 사람들이 부르는 생명 구조대.

e-세상 전화벨

번호 드르륵 드르륵 돌렸을 때
따르릉 소리 요란하게 울려도
소음 불평없던 반가운 소식통이
몇 해 사이 번호 꾹꾹 눌러주더니
착신음 발신음이 음악으로 들린다

공짜 전화비는 시간 다투어
광고안내 목소리 시대가 임박하고
자명종 알리는 시간에도
증권이나 투기 보험 광고 나오며
선거철 후보 선전용 복음 전도용이 될까

음악 대신 詩 낭송하는 詩 한 수가
착·발신음으로 들려온다면
마음이 한층 깨어 생각하는 힘을
과학이 보태주는 시간이 아쉽다

과학의 힘이 영혼을 각박하게
파괴하는 무서운 전화기라 함은
명석한 지혜보다 아둔한 손 안에서
무력해지는 마음이 조작되고 있다면
영혼이 증발하는 심각한 문제라 하는데…

선수촌
—코리안 타운

부모 따라 형제 따라 팔도 선수 다 모이네
맨몸으로 왔는가 박사 고시 왔던가
반갑구나! 학연 지연 다시 또 만나 보네
선수촌에 입적하여 인생 공부 새롭구나
먼저 왔다 선배라네 선생 감독 많이 있네
불철주야 맹훈련은 바퀴 신발 빠르도다!
떠듬떠듬 어눌한 말 벙어리가 따로 없고
부동산 경기 편할까! 다 모인다 메달 선수
순발력이 빠른 선수 100미터로 모여들고
부모 형제 재주 좋아 400미터 계주 선수 됐네
빈주먹은 도전한다 장애물 경기 힘들구나!
예선 탈락 본선 탈락 마지막은 패자 부활
지쳤어도 할 수 있다 마라톤 선수 뛰어간다
100년이나 되었다던 타운 역사 선수촌에
우리 말 우리 글이 응원 함성 꽃피웠다
만만하다 얼뜨기 사기꾼은 짜고 치네
이래 저래 당하고도 모르니까 다 당하네
이민 1세 힘들어도 자식 자랑 명사 인물
희망 안고 키웠더니 물속으로 자맥질
1.5세, 2세대 찔뚱짤뚱 물갈퀴를 가졌다네
세월 참 빠르도다! 걱정 없는 은퇴 연금
흑발 백발 근골 굳어 저쪽 하늘 쳐다보면
마음 두고 찾아가는 초가지붕 흙 냄새라!

자물통 인생

더불어 사는 오물통에
사랑 없다!
자유 없다!
인권 없다!

눈먼 자 듣는 소리 예민하여
저 소리를 들었는가?
시끄럽다 잘난 소리!

닫힌 문 두드리면 잘도 열려
열린 문에 믿음 없는 도적떼가
지은 죄 사방으로 널어놓고
받을 벌 재주 자랑 기막히니

허리춤에 열쇠 걸이 묵직함은
도적 단속 소리 단속 분명하나
벗는 몸 터진 입 피할 곳으로

눈을 감고 귀 막으려
세상 잊고 살고 싶은 수인 되어
숨겨 가는 옥방 벽도 높고 높아
사람 사이 쌓을 탑이 없다 한다

가지고 있었던가!
가슴팍 단단한 고리 묶은
벌겋게 녹슨 자물통을!

바람꽃 하늘 1

네 약속하지 않았지만
흘러흘러 만나고 있다
저어 가며 끄덕이면서

내 약속은 없었다만
기다리고 있었다
위아래 살펴보고 있기에

우리 약속이 있었다 한들
다른 곳이 아닌 이곳에
좌우 따라 오르내리며

보석처럼 꽃처럼
보이는 곳에 머무는 것은
느끼는 힘이 넘치도록
떠가는 하얀 마음일 뿐이다

천리 만리 있어도
마주하는 순간 순간이
바라는 약속은
단 한번 시들어 본 적이 없었다.

바람꽃 하늘 2

가슴으로 심어 와서
마음에서 피어나고
철도 때도 없이 피어나서
제멋대로 울다 웃다 떠나는

온 무리로 피워 보고
조각으로 피어나도
피었다가 질 때는
다 타버린 펀린 조각 조각엔
아픈 소리 시름겨워 포효한다

그 많은 사연 모아 담아
언제나 높은 곳에 머물러서
항상 낮은 곳에 잠긴 조각 꽃송이
또다시 꽃 뿌리 뜨겁게 심어
오르다 머물다 맴돌아 간다.

바람꽃이 필 때

하늘에 떠돌다 내려온다
흙에서 거두어 올라가
꽃으로 피어나는 구름이면
누군가 떠나는 하늘가에
혼령으로 피어나는 꽃이던가

하늘 뭉클게 피어나는 바람꽃
꽃향기 흩어 내리는 진통은
눈물이고 기쁨이며 또 다르게
피어난 꽃으로 심어지는 숨결

하늘에 바람꽃이 필 때
마음은 계절을 잃어버리고
바람꽃 머무는 꽃망울이
마음 아린 고귀한 사랑은
가슴에서 피어나는 것이다

바람꽃이 질 때
수많은 사랑으로 모여
이 땅 굽어 살피며
구름 같은 마음이던가.

거울

너를 보고 나를 본다
보아도 보이지 않는
심통 괴로운 못난 것을

얼굴 보고 표정을 보며
자세를 보며 뿌리를 찾아
섬세한 빛으로 모습 비쳐 있어도
거칠은 검은 속이 보이질 않는다

너를 보고 또 나를 보아도
보이지 않는 진실한 모습은
그것이 바로 너와 나인 것을
모양을 다듬어 알면서도 모르는
진실을 감추어 보이질 않으려 한다.

나 모르는 병

저 사람은 해마다 종합검진
투시경 내시경 들여다보고
피 뽑아 골수 깊은 병을 찾는단다

나이 들면 젊은 피멍 들더니
잘 익은 홍시처럼 떨어지는 어금니
뻐근하고 묵직한 뼈마디
흰 터럭 돋아나며 늘어나는 주름살

연한 살 속 뿌리 내린
돌같이 단단한 암덩이 큰 병 알고
병실에는 병자 많아 약병 들고
약이 많아 찾은 병을 다스린다

저 사람은 마음이 쓰린 병이
멍들은 사랑으로 키운 것이라
육신이 아픈 병은 마음이 멍든 것

세포보다 더 작은 사악한 잡균으로
깊은 병 키운 착한 마음 썩어질 때
소중한 맑은 피멍 들어버린
먹 피가 골수까지 안고 돌아

붉은 피 사랑이 멍든 독기는
씀씀이 마음이 썩은 확실한 병명
종합검진에도 없는 병
진실한 자아 모르는 병을 가진 환자.

탄생 1

울었다
한 생명이기를
마른 눈물로 울었다

짧고도 강하게
험한 세상으로
열린 목소리로 울었다

또 울었다
성숙한 마음속 영혼에서
다시 태어났을 때
소리 없이 피눈물로 울었다

두 번 울었을 때에
우주가 밝아 영안이 열려
거룩한 진리가 보이는
위대한 탄생이었다.

탄생 2

씨눈 트는 때를
한철 오기 기다려
품 안에 묻혀 있을 때

기다림 참아야 하는
부드러운 입김 서린
하늘 우러러 간절한 소망

외로운 고독이며
쓰라린 아픔을
싸워 가는 성숙한 과정

약한 촉이 강하게 터져
안에서 솟고 밖으로도 솟는
심어진 씨눈은 그 싹이 자란다.

욕심

몸 튼튼한 오장육부
빈 주머니 여섯 개
채우고 또 채워 본다

제일 큰 밥 주머니
때때로 먹어 마셔도
더 큰 주머니로 밀어 보내고

넓은 들판 빈 땅에도
빈 주머니 채우도록
욕망을 뿌려 심어 가꾼다

책상에도 밥상에도
배부르게 영근 것만 거두려
꽉 채울 탐욕은 빈 주머니 속

앞주머니 뒷주머니
딴 주머니도 만족은 순간인데
밥그릇이 작아도
넓은 들판 노적가리를 먹는다.

2부

나무

천지에 밤낮 있어
시절 따라 열 십자로

하늘만 바라보며
숲에서 우뚝 서 자란다

뿌리 내려 곧은 나무
모진 시련 고통 쉬임 없고

생각 없는 비뚤어진 것
아궁이로 사라지는 불꽃

님을 생각하는 나무들은
숲에서 천년 만년 님의 마음

큰 나무 곧은 뜻을 품어
큰 마음 불변하는 진리 세워

다 이루었다 하는
사람 人자로 떠받든
十 가는 나무 木.

돌아가는 길

도공의 깊은 뜻은
회전대 돌아가는 대로
큰 그릇 작은 그릇들이
지구가 돌아가는 대로
그릇 같은 사람들이 모인다

해와 달을 담은 그릇
뜨거움 가득 안아
회전대 돌고 돌아가는
그물망에 걸린 희로애락은
제자리를 떠나지 않는다

해 넘어 저물도록
그릇 수 챙기듯이 채우지 못한
빈 그릇으로 돌아가는 것은
콧속 들락날락 순간의 힘.

묵은 김치

투박한 옹기 김치독에
허옇게 삭은
시큼하게 농익은 군내

깊은 맛이 들어서
엮겨운 군내가 구수한
한 입 가득한 신선한 맛

꽉 찬 배추 속이 여물도록
소금기까지 익어버린
얼었다 녹은 얼음을 구운맛

양념 같은 고운 손맛 익었고
김치독도 얼려 우려낸 맛
새 봄에 묵은 김치 진상하여

곰 삭은 묵은 맛이 봄날 같아
나이 들어 철들은 맛
이런 맛도 입맛나서 살맛이다.

주정뱅이

삭히고 썩은 것을 걸러낸
한 모금은 약이 된다 하더니만
정 없다 넘친 두 모금이
열 모금 되어 꿀컥 덜컥 술~술

거친 탁수 컬컬하고
맑은 이슬 같아 커~어어!
얼음 띄운 신선수라 카~아아!
물 같이 살아 있는 불을 마신다

불 들었다 머릿속 빙빙 돌아
마음 의지 무너지고
몸통 사지 늘어지니
봄바람 버들가지 따로 없네

컬컬하면 곤드레 지그재그
커~어어! 하면 만드레 기어가고
카~카아! 시원한 것 좋다 하니
불탄 곳에 몸살났다
오장육부 썩어 삭어 무너져 간다.

희망 1

굴 속 같이 좁아진 어둠 속을
두들겨 펴낸 밝고 환한 대낮에
해바라기 고개로 주욱 길게
빼어내고 있다
정체가 가물한 헐떡거린 숨소리
떠돌아다니는 편린은
자릿터 찾는가 찾았던가
빛도 어둠도 마음에도
머무는 개척자의 말뚝질 소리
무엇을 거두려 지치도록
바라는 것은 심은 만큼 가꾸어 본다.

희망 2

명인 초대장 가지고
여린 욕심이
젊은 꿈을 부른다

술래 놀이 하잔다
사랑이 헐떡이며 뛰어온다
함께 어울려 보잔다

술래는 보이지 않아
날이 저물 듯이 가쁘다
틈새로 따라서 오는 절망

무겁게 가라앉는 시련을
두렵게 덮어 짓밟는
무덤 같은 허송 세월로

덩치 큰 욕심쟁이
찾아보렴 조금 더
횃불 밝혀 술래 찾아

정신 없이 달리고 달려서
희망은 열정으로 찾아간다
해 돋는 동쪽으로 동쪽으로.

희망 3

어릴 적 쏘아 올린 화살 하나
아직 찾지 못한 과녁 향하여
우주선처럼 돌아다닌다

지금 서 있는 자리에
쉬지 않고 시위 당겨 화살 쏘아댄다

과녁에 명중시킨 화살보다
빗나간 화살 더 많이 쌓인다

시위를 떠난 화살들이
오늘 떠난 화살들이
꿈이고 희망이었다

지금까지 쏘아 올린 화살들이
지나온 세월보다 더 많이
쌓이고 쌓인 꼭대기에

아직 보이지 않는
먼 길이 그 무엇일까 하는…

詩를 위하여

시인 되기 위해 가져야 했다
가난한 마음을

시인 되기 원하여 다 버려야 했다
덧씌워진 가면을

시인 되기 위하여 간직하려 한다
깨달음이 주는 지혜를

시를 위해 할 수 있는 것은
나를 버린 씨름으로
우주의 세계로 돌아오면

삶의 노래 시가 되어
스스로 드러내 보일
거울 앞에 있는 모습대로

숨어 살 수 없는 것이
시인 되어 시인처럼
詩와 함께 같이 가련다.

사랑의 고향

세상 사는 것 알고 있다는
노인이 묻는다

그대는 사랑을 알고 있는가?

불타는 열정을 가진
젊은 청춘 남녀가 묻는다

아름답고 고귀한 사랑법을!

걸음걸이가 확실한
세 살 난 아이가 묻는다

엄마 아빠만 부르며 이거야!

나는 아직도 모르는 사랑
먼 길 걸어온 지친 나그네 되어
잃어버린 것 찾아다니는

사랑을 소중히 간직한 것도
스스로 변하는 마음도

사랑의 고향을 묻고 찾는
나 또한 같은 사람.

세월

밤길을 걷다가
낮길은 뛰어 달려
살이 닳고 피가 마른 기다림
지쳐서 떠나며 맨발로 떠난다

높은 곳 너머로 오르다
둘레를 깎아놓은 절벽
미끄러진 맨발 놓쳐버린
날개 없이 추락하는 순간 순간

이 순간을 다하여 엮어놓은
뜨거운 열정마저 식어버린
낮은 강물처럼 누워서
정처 없이 흘러 흘러만 간다.

사랑의 씨눈

수컷은 모르고 있다
암컷이 바라는 씨눈을

암컷의 꽃은 알이다
비어 있는 마음에

알 집 채우려
열정의 욕망 모양이다

성숙한 암컷이
알을 가졌을 때

수컷을 바라는
간절한 기다림이었다

암컷이 피운 꽃이
씨눈 받은 알을 품어

암컷의 열매는
가장 아름다운
사랑이었다

사랑의 씨눈을
소중히 간직한 채로.

기도

바라고 원하여
희망하는 소원 한 가지
기적을 바라고

솔직한 고백을 하였다
한번도 아니고 매일 매일
말하고 듣는 것은 마음과 영혼

오락가락 영혼이 없다는 것
하느님 없다는 것
마음도 열리지 않는다

마음으로 하는 기도
아무 말 필요 없는 것은
하느님은 이미 알고 있었다

종일 힘쓰다 말고 소원 빌어도
천지사방 고요한 침묵은
응답 있어도 알아듣지 못한다.

배꼽

꽃이 시든 것은
흉터 아물은 배꼽 있어
많은 씨앗으로 여물어 간다

꽃 속에 탯줄이 있었나!
배꼽을 만든 것은 꽃

꽃이 한 뿌리에 형제 아닌
배꼽대로 줄서기를 하고
순번대로 탯줄 떨어진
배냇내 익어 단내 풍긴다

배냇내 잘 익은 배꼽 갈라서
꽃을 보지도 않고 먹어댄다

삼켜버린 꽃은 나비 불러
나비가 꽃 찾아 배꼽을 찾아
배꼽이 배꼽으로 짝 맞추어
꽃으로 다시 피어난
그것이 고상한 열매라 하던가.

3부

물망초

목덜미까지 오고
머리 끝까지 오는
해 길이 재어 기다린다

열릴 때까지 활짝 필 때까지
연분홍 수줍움을
여름 내내 총상층대로 피어낸다

생생한 모습으로 피어 달린다
가을이 오는 길목까지
타닥타닥 태웠던 불탄 여름에
분주하게 떠나는 바람이 분다

이른 봄 유채꽃 닮은
바늘 속 씨앗을 꿰어차듯
첫 눈 오기 전
실밥 터진 바늘 속 비상 날개는
민들레 꽃씨 날리듯 떠난다

나를 잊지 말라는
잊지 못할 전설 같은 무덤으로
태양이 식기 전에 꽃씨 묶어 떠난다

또다시 피어나기 위하여
따스한 가슴에 묻어두는 꽃
나를 잊지 말라던 그 약속으로.

벌초

부드러운 금잔디도
웃자란 마음 베어낸다

논두렁 밭두렁 잡초 깎았지만
차례 올릴 아버지 봉분
아들 머리 깎듯이 낫질 한다

쪼그린 오리걸음으로
한줌 한줌 잡초 움켜잡아
억센 줄기 잘라내면
깔끔한 민둥이는 젖은 흙 마르기 반긴다

그나마 낫질도 가위질도 힘들어
엔진 달린 예초기로 밀어내듯 깎는다

부드러운 금잔디마저
예초기 아니면 깎지 못하는
웃자란 마음 깎아도 깎아도
잡초처럼 무성히 자라고 있다.

거미집

집 짓기 위하여 길을 만든다
그 길에 집이 따로 있지 않고
길이 집이요 집이 길이다
거미가 살아가는 법은 독불장군
내가 가야 할 길 같은가
허공에 길 만들어 집을 짓고
그 길에서 기다리는 시간은
삶인가! 때로는 운명인가!
허공 속에 자기 땅을 차지한
뻥뻥 뚫린 거미집에
바람도 세월도 걸러 지나서
뻥뻥 뚫린 구멍으로 걸린 것이
거미는 길에서 살아가는 법을 기다린다.

노숙자(露宿者)

삶의 끈이 한순간에 동강나
팽개친 반 토막으로 헤매인다

목숨 구걸하며
찬바람 막아주는 구석진 잠자리
신문지 이불 삼아 허물어진 잠을 잔다

물 한 모금 허기를 채우고
마음을 채우고도
꼬부라지는 의지일 뿐

땟국물 절은 노랑내 고린내가
부잣집 강아지도 비켜가면

아! 마음이 머물러 있을 곳이
살아갈 이정표도 없는 절망
사지가 늘어질 따뜻한 밥 그릇도
길거리에서 주어담은 사랑마저 기죽는다

그마저 제복 입은 사내들이
이 거리에서 쫓아내니
길 위에서 갈 길도 없이
비실비실 걷다가 주저앉는다

따가웁고 메마른 시선 피하여
고개 들어 하늘 보고
그 무엇을 슬퍼하고 있을까
이슬이 맺힌 이슬 같은 사람들이.

슬픈 사랑

함께 살아가면서
방법이 다를까
이해가 짧을까

감정이 없는 진실
몸짓 언어도

거부하는 닫힌 마음에
증오와 분노가 인다

따로 따로 주장하는
이기적인 자기 판단에
타협이 없을 때

악을 쓰며
신뢰가 깨지는 소리
가진 무기는 언어 폭력엔
아픈 소용돌이로 몰아친다

사랑 싸움 부부 싸움은
공소시효 없는
사랑을 포용할 줄 모른다.

코골이

고단한 몸 풀어주는 요란한 소리
어딘가 무거운 곳 밀어 올리는
숨소리조차 힘들어 거칠다

작은 콧구멍이 막힌듯이 터져
열린 입 성대가 떨린다

폐부 속 깊은 꽈리들이 들고 일어나
쌓인 피로 몰아내는 생명들의 작업장

산소 취하기 갈증난 꽈리들이
심장이 뛰는대로 가쁘다

헐떡이는 빈집 같은 몸뚱이
영혼은 막차로 내린 꿈 마중나가고

풀린 몸 뒤척일 때마다
한 박자 한 박자 다른 숨소리
쌓이고 쌓인 피로를 걷어 내린다

크르릉 커~얼
천둥은 먹구름 속에서 일어나듯이.

재채기

그 ~ 래
그 ~ 래
그 ~ 그 ~ 그 ~ 래~서~어!

아 ~ 니
아 ~ 니 아~니~다~아!

콧속이 근질거려
가슴속에 근심 끌어
숨통이 터져 확가닥 뿜어내는 쓰레기

오물 쌓여도 아프지 않던
상처보다 더 심한 신음소린가
더 이상 버틸 수 없는
거부하는 쓰레기

그 대답 시원하다
아 ~ 니
아 ~ 니 아~니~다~아!

에 ~ 이
에 ~ 이
에 ~ 헤 에~이~취이!

H로?
Happy(해피) 아니면
Health(헬스)라고 에 ~ 이~취이!

아~리랑 고개

나를 불러주는 사랑
불 속 같은 아~리랑 고개

오늘 밤은 당신이
먼 곳 계셨기에
아~리랑 고개는 태산같이 높고

오늘 밤 내 곁으로 오는 당신은
아~리랑 고개가
포근한 내 집 들어옵니다

아~리랑 고개로
쉬어 가는 것은
천지 우주를 넘나드는
운우지정인가!

불속 기다리며 그리운 것
알이랑 알이랑
아~리랑 고개 넘어가는 일

아~리랑 고개는
숯불 만큼이나 뜨거운
알이 두 개 알·알이요

나를 안고 감싸는
알이랑 알이랑 고개
불 속에서 쉬어 갑니다.

거짓말 1

나를 도둑질 하려고
나에게 거짓말 서슴치 않고

내가 도구의 가치가 없다면
거짓말하지 않을 것이다

너의 거짓말로
나 자신 속이지 않기 위하여
진실 같은 거짓말을 믿지 않으리

너에게 보이는 도구로
보석같이 좋아 보이는 나에게
꼭 거짓말로 속이는 것이 아닌가

이미 너는 나를 속였다고 했지만
너는 너 자신을 철저하게
속였다는 것을 모르고 있을 뿐이다

네 마음을 도둑질해서
너는 기뻐하여도
진실을 분별하지 못하는
진실이라 믿는
진실도 거짓말이 아니였던가.

거짓말 2

하얀 것이
새빠알간
시커먼 마음으로
하얀 거짓말이
거짓말 아니다 하며
거짓말을 길들인다

설득하기 위하여
감추기 위해
드러내기 위한
하얀 마음 멍들어
빨갛고 시커먼 속마음

투명하게 맑은 것으로
보일 게 없는 진실
눈빛이 흐리고
입술은 붉은 말로
굴 속 같은 검은 속이
가슴 구멍난 헛바람은
마음 속이는 거짓말이었다.

8부 인생

잘난 사람들이
조금 모자란 것 비웃는다

과유불급 8부 인생은
모자란 것 힘이 되어 노력한다

채워서 넘치고 또 넘쳐도
잘난 사람 인생은 넘치던가

똑똑한 인생 못난 인생도
삶의 기본은 같은 법인데

모자란 듯 8부 인생은
비우고 비워 가는 마음이고

잘난 사람이 알 수 없는
모자란 것이 잘난 것이다.

* 지나침은 못 미침과 같으니라. (過猶不及; 과유불급)

불면증

홀로 되어
무척이나 편할 것 같다
이런저런 일 편한대로 다하고
구속과 억압에서 해방된다

홀로 되어
긴 밤을 하얗게 지새우면
잠 못 이루는 무엇인가 있었다

진실을 드러내지 못하고
가슴 허전함을 느끼지 못한
무엇인가 있었던 빈자리가 있었다

애타는 마음 늘상 곁에 있었던
소중함을 모르고 살았던
여리고 힘없는 그 사람 자리

잠 못 이루게 한다는
혼자 되어 처음으로 외로워

이 다음엔 잘해 주어야지
곧바로 잊고 살아가는
실수 아닌 실수
고통스런 빈자리가 무서운 밤.

고향 생각

고향 떠나 수만 리 도시로 간다
텃밭 같은 품 안을 떠나
먼 나라 막막한 들판까지 왔는데

멀어진 고향 잊기에는
아직은 생생한 비릿내음
태어나 자란 곳 바라보는 하늘 저편에
언제나 마음은 고향에 살아 있다

황량한 들판에서 먼 하늘로
시선이 머무는 곳
머리 돌려서 떠나지 않는 고향의 그 무엇

떠오른 해가 저물어 가는 날
사철 따라 찾아드는 무게 더한 나이만큼
비릿내 묻은 고향 하늘 가까이에
시시때때로 배고픈 간난아기가
엄마 부르는 칭얼대는 소리

내 고향은 외로움 달래주는 그리움이
산처럼 쌓이고 골처럼 깊어만 간다.

OX 대답

문제를 가졌을 때
O자는 옳다는 것이며
X자는 아니라 하였다

하늘 따르는 자들은
O자는 둥근 것이 우주이며
X자는 십자가라 말하며

바느질 재봉사는
O는 구멍이라 하고
X는 자르는 가위라 하며

가르치는 사람은
O자는 동그라미라 하며
X자는 사방위라 한다

OX 같은 문자 기호에도
각각 하는 대답이
상징하는 뜻도 다르다만

나를 떠나 만나는 OX는
무엇이라 대답할 수 있을까.

내 이름을

언제나 새벽잠에 깨어나면
누가 이름을 부르기 전
내 먼저 내 이름을 불러 보리라

이름을 부르면
다정하고 성숙한 대답은
아직 이른 잠이 덜 깨었는지
어색하고 부끄러운 것인지

이름 평생 새겨두어
너무 잘 알면서나
모르는 것처럼 무시당한
이름 가지고 있었는가!

행복할 때 괴로울 때
가슴속 묻혀 있는
이름 부르고 불러야 한다

내 이름 부르지 아니하고
님의 이름 부르며
님을 불러줄 때에
분명 내가 아니라 할 것인가

이름 부를 줄 알기까지
이름 사랑하지 않는 것은
다른 나를 숨기고 감추인 것

누가 내 이름 부르기 전
나는 내 이름 가장 많이 불러
사랑하라 힘내라 좋은 하루라
큰소리로 커얼 커얼 웃어 보리라.

잔소리

듣기 좋은 소리
없는 소리 있는 소리
세상 들리지 않는 소리들은

듣기 편안 말과 쓴소리는
잘 듣는 것이 마음 잡아주고
들리는 것 만큼 깨우쳐 본다

잔소리를 막을 수 없는
강물이나 바람 같은가!
말을 아끼는 침묵은
더 많은 말을 생각하고

들리지 않는 저 매운 소리들을
마음으로 듣는 것이
가장 아름다운 말을 하는 것

저 소리가 크고 작은 것도
혀가 굴러 하는 말도
실수 없고 잘못된 것 아닌데

좋은 소리 싫은 소리
거짓말 참말
사람 소리 세상 소리 모두 잔소리.

4부

바둑판에서

가로 세로 열아홉 줄에
흑과 백이 어우러지는 변화무쌍한
하루에도 수없이 361 교차점에
겉과 속이 다른 내가 온종일 싸운다

하루 1시간을 24시간 동안 8664번의
갈등과 번뇌의 교차점 헤아려

어제 있었던 겉자리
오늘 어느 속자리 포석될지 몰라
정중앙 교차점 천원에 꽝 놓고
일어나 잠들 때까지
놓아진 수 읽지 못한 승패 모른다

인생이 초급인지 9단인지
19×19줄에 밤낮 대결은
한 칸 뛰어 세 칸 뛰고 젖히고 막아서
무적 경쟁자를 안에서 대적한다

오늘도 시간 시간 보이지 않는다는
아무도 모르는 인간적인 양심은
호구의 패가 걸리지 않고
온전하게 버티고 설 자리 찾아
눈알 번들번들 정석으로 돌 놓아 본다.

40년 만에 해후 상봉

처음 참석해 보는 동창모임에
어색한 내 얼굴 굳어진다
털복숭아 같았던 얼굴 빛바래어
반가움도 기쁨도 애처로이 섞어진

야! 임마!
몇 년 만이냐!
40년 세월 풍상으로 낡아버린
40년 만에 동심 희미한 기억은

심하게 더듬었던 더듬이가
유명 웅변가 되었고
로얄젤리 질질거린 못난이가
사장집 며느리 됐다는 사실도

빡빡머리 말총머리 바람 흩어져 모인 곳에
실력으로 출세하고 성공하였어도
변하지 않는 유순한 어린 마음은
막걸리 한 사발에 40년 담아 마신다

아직 찬바람도 아닌데
낙엽처럼 훌쩍 떠나버린 털보 때문에
돈이고 출세고 나발이고
뭐니 뭐니해도 무병장수가 최고다

40년 만에 모인 치열한 경쟁자는
생애 최고 우등생 오직 건강이라고.

바늘귀

마음 비어둘 수 있어도
뱃속 주린 창자 비어둘 수 없는

가난이 배고파서
비어 있는 육부(六腑)들이
잘게 씹은 영양가 찾아댄다

먹는 입이 바늘귀라
부자가 배부르게 천국 가는 것은
뼈와 살이 썩는 기름진 떡이고

가난은 허기진 걸신 들려
가래떡으로 시원하게 빠지는
통변의 쾌감으로 천국문이 열린다

육신이 강건하는 것은
마음을 비워야 하고
오욕(五慾)을 비워야 하는 것은
맛있고 살찐 똥이 쭈우욱 빠지는
황금색 아름다운 똥덩어리리라

바늘귀 통하는 것
가난하게 먹는 입이 천국문.

단추

엄중한 주례는 사랑이란 이름표 붙여
신랑은 단추
신부는 단추 구멍으로
마무리 작업을 마쳤다

사랑은 가정이라는 둥지에 매달려
붙박혀 떠나지 못하고
언제든 풀고 열어주는
서로 짝 맞추어진 자물쇠 한 쌍

어쩌다 제짝 아니면
망신꼴로 동강나기 때문에
제짝 지키기를 평생 책임진 일

어쩌다 제짝 잃어버린
깨어진 단추 떨어진 단추들이
사랑보다 더 진한 단추 하나를

천지에 닫힌 것을 열어주고
마음에 맺힌 것을 풀어주는
천하의 마음 같은 단추 하나는

찬란한 태양이 떠오른다
불타는 정염으로 타오르는
떨어진 단추로 매달려 있다.

목욕하는 사람들

발바닥 불붙은 걸음으로
열심히 살아가는 사람들은
구슬 땀 솟고
진땀 주룩주룩 흘려도
바람 한 점으로 상쾌하다고 한다

유달리 게으른 사람들이
날이 더워 흘리는 땀 한 방울도
답답하고 짜증스러워
자기 몸이 깔끔하다고 티 내는 것

그까짓 땀이나 고린내는
한 두(斗) 물로 씻으면 그만이지만

더럽게 깔끔 떠는 사람들이
썩은내 진동하는 사악한 마음으로
더러운 속마음 품어 한평생 살면서
단 한번 마음 씻는 일이나 있었을까

날마다 제 몸 비누칠로 깔끔하게 씻는
목욕하는 사람 수만 천만 있다 하여

단 한 사람이
고행하고 수행하여
사악한 마음 씻어가는 사람이라야
진실로 목욕하는 것이다

그 향기 천지를 덮어 진하게 풍겨난다.

구더기의 소망

파리 중에 똥파리가
썩어가는 오물통 찾아
구더기를 위하는
지상낙원 복지국가를 세웠다

백의민족 구더기 아우성은
오물통이 향기로운 삶의 터전이요
살아가는 생사 문제는
입신출세하는 무한 경쟁이다

구더기의 희망은
오물통 세속을 떠나
똥파리 날개짓 하늘 날아
세상 권세 부귀 영화 누리는
오물통에 왕 노릇하는 것

지금도 배부른 똥파리가
썩어가는 냄새 진동하는
제일 좋은 오물통 차지하려
사람 살아가는 밥상 구경을 한다

자기 구역은 오물통이 아니고
구더기 존재가 아니라 하는
똥파리 권세가 오물통속.

나목(裸木)

가을이 오면
속 마르는 열병 들어
잎새 빛 고운 색색 물들인다

겨울 오기 기다려
열병 뜨거워 견디지 못해
마른 잎새 속옷마저 벗어 버린다

몸 달구어진 뜨거운 열독은
찬바람 기별도 안 오고
얼음 속 냉찜이나 할 것이라

진흙 마른 도자기가
불가마에 구어지듯
겨울 한철로 냉찜하여
단단하게 식혀야 한다

이 몸 불덩이 다 식었나 싶은데
간지러운 산들바람 봄바람은
피부병 같은 엘러지로
솜털 덮은 잎 뾰족 솟아오른다

이 몸 완전히 식어 있는데
제 아무리 뜨거운 불볕에도
에고! 추워 추워서
속옷 겹겹이 껴입어 댄다

이 마음이 타오르는
사랑의 열병으로 속옷 벗는
가을이 사뭇 그리워진다

생각의 차이

닭이 알을 낳았다

주인은 알을 모은다
저녁상 영양가 있는 반찬이고
모으면 필요한 용돈이 된다

낳은대로 알을 품었다
알에서 병아리가 태어난다
자라서 더 많은 닭이 되었다

암탉과 주인의 생각은

일상을 보고 듣고 말하는 것이요
때때로 배우고 행하고 가르쳐 주는
주인은 알이면 용도를 생각
암탉은 알이면 생태적인 번식

나이 차이 세대 차이
교육의 차이 남녀의 차이
그리고 생각의 차이는 고정관념

이 시대에 차이를 생각하는 사람
그것을 무엇이라 할까
고정관념 깨버리는 생각의 차이

암탉은 생산
주인은 노동 착취.

짝사랑

오고 가는 지름길 피하여
먼 길 돌아서 가는
그 집 앞에 서 있다

그 집 앞으로
가는 길이 멀다 하여도
하루에도 몇 번이고
바라보며 지나서 간다

그 집에는
사랑하는 사람이
머물어 있어 불타는 마음뿐

그 집 앞에서
당당하게 대문 밀치지 못하고
멀리서 서성대며 바라만 보고

행여 그림자만 보아도
가슴 두근거린다
두근거리는 가슴만 있어
그렇게 행복할 수 없었다

그 집 앞에는
두근거리는 가슴
내 머무는 마음 쌓여
쓰린 눈물이 없었던 사랑.

인연

스쳐가는 모든 것
바람 강물 하늘도
붙들 수 없는 인연이라면

인연을 붙들 수 있는 것은
믿음이 주는 신뢰로
고리를 만들어 엮어 가는 것

인연으로 맺어 사랑하는 것도
바람처럼 스쳐가며
한동안 머물다 가는 순간이고

인연은 우연이라고
한번 맺어졌다고 영원한 것 아니라
서로가 만들어 지키는 노력일 뿐

우연은 스치는 만남이라서
만남이 반가우면 인연이 되고
반가움이 변하면 악연이 된다

인연으로 바라는 것이 많아질 때
불편한 악연으로 상처 깊어지고

인연은 영원하지 않지만
영원한 추억은 판박이로 남아
언젠가는 스치듯 떠나는 우연이다.

물안개

수증기 오르지 못하여
구름처럼 내려 깔았나
숨 죽은 듯 고요한
암흑 같은 밤도
대명천지 낮도 아닌
흐린 물속 같고 꿈속 같네

은색으로 뿌려진
보이지 않는 시야
들국화 우람하게 피어 있고
벌 나비도 없는
시끄러운 참새 떼도
근심 걱정도 없네

하얀 세상 속 산다는
거미집은 은방울 꽃 피었고
벼이삭 젖은 눈물 흐르네
안개 속에 가을은 가마솥
삶은 고구마 익어가듯 익어가네.

하얀 남자

만지면 톡 터져버릴 봉숭아같이
미풍에 흔들리는 여린 몸이
눈물 푸른 하늘처럼 고여 있고
고독이 파도처럼 쌓여 있는
무거운 마음 가진 가을 남자가
오솔길 뒹구는 낙엽 밟으며
힘 없이 저벅저벅 걷고 있네

세상이 무섭고 사랑이 무서워
길들이지 않은 여우한테
심장을 물어 뜯긴 아린 상처로
마음이 하얀 가을 남자 되었네

빼앗긴 청춘 벗어 던지고
남은 인생 세상 잊는 즐거움은
풍류나 읊으며 시름 달래는
마음이 하얀 가을 남자가
달 밝아 하얗게 익은 밤
잠 못 이룬 무거운 가슴 쓸어다
눈물을 고독처럼 씹어 삼키네.

5부

속도위반

도로마다 규정 속도
길 아무리 좋아도
사고 다발 지역에 안전 속도

표지판 60Km인데
시간 아끼려
가속기 밟아 90Km 달리면

경광등 번쩍번쩍한
교통 순찰대가 30Km 과속이라
과태료 청구서만 받아든다

사고는 순식간
규정 속도 위반 과속은
안전사고, 돌발사고 있다는데

인생도 달리는 속도가 있어
험한 길인데도 과속이다
제동장치 이용한 속도조절 둔하여

인생도 속도위반하면
병상에 목숨 저당 잡힌 비싼 과태료
자동차 운전 속도
인생의 속도는
사람 목숨 제일 귀하지 않았던가

초고속시대 안전 속도 지키며
안전 운행하는 사람 누구일까
나는 절대 아닐 테고…

새벽

오는가 왔는가!

어둠은 태양 삼켜버린
멍든 아픔이고
다문 입술 적막이지만

어둠은 신비에 있지 않고
빛의 신비 찾아
스스로 깨어 영혼으로 깨어
다문 입술이 열린다

오는가 왔는가!

밝은 눈으로 어둠 밀치고
여명으로 밝아 오는가
반가운 손님으로 왔는가

날마다 찾아오는 손님이지만
귀한 손님 대접할 줄 모르는
그저 오는가 왔는가!
이성이 무딘 무정 세월로만 오는가.

울타리

155마일 울 밑에 숨어
초병들이 지키는 통일은 아니고
울타리 안으로 가두어 키우는
증오와 원망을 지키고 있다

허물어 버릴 수 있는
사랑을 한없이 베풀어야 하지만
그마저 울타리가 있다

울 너머
사랑은 보기 좋은 줄다리기하면서
팽팽히 맞서는 힘자랑은
이웃들이 응원 아닌 조롱을 한다

짧은 거리 긴 거리도 아닌
내 마음에 울타리는
넉넉하게 베푸는 사랑보다는
잘 되는 것 배 아픈 오기만 키우고

울타리 안에 주먹 다툼은
프로도 아마추어도 아닌 게임하며
하늘에 스스로 맡긴 용서도 없다

울타리의 소원은 통일
너와 나의 사랑으로 걸어 볼 수 있을까.

회초리

집에서 종아리 맞으며
학교에선 손바닥 맞았던
따끔 따끔한 매운맛에
소리 없는 눈물 흘려 배웠단다

매서운 회초리로 혼나며
잘잘못 가르쳐 주었기보다는
아픈 것 무서웠던 어린 시절

어른 되어서 매 맞는 것 가슴 저려
회초리 놓아버린 자식 사랑
무엇인가 놓쳐버린 가르침 남아 있다

자식들이 회초리 매운맛 모르는 것
험한 세상 홀로서기 두려워
제멋대로 날뛰는 모양새가
범 아가리 들어가는 무서움 모른다

회초리 대신 면벽으로
회초리보다 더할까 마는
사랑은 회초리로 배웠단다

매 맞은 쓰린 아픔 없어
제멋대로 나가려 하니
밝은 마음 어두워져 가는
피빛 진한 사랑 퇴색되어 가는구나.

새싹

아지랑이
피어오르듯
몸이
나른하게 퍼지고 있다

바람마저
꿈 안아 향기를 싣고 오면
마른 입은
시꼼달꼼한 입맛 다시며

쓴나물로
밥숟갈 퍼먹듯이
뼈마디 커가는
성장통으로 나온다.

생명의 냄새

솥 달구어 콩을 볶으며
생명 볶았더니
생명들이 톡톡 튀기며
투닥투닥 껍데기 터지는 소리
살 타들어 가는
고소한 향내가 진동한다

생명으로 심으면
마른 흙 속에 콩 볶듯이
살집 터지는 함성의 환희가
있을 법한데 조용하다
흙 냄새 생긋하나
깍지 속에 담아버릴 열매는
자꾸만 콧속이 벌룸거린다

아! 향내가 아니라
생기였다는 생명의 냄새로
상쾌하게 들여 마시고 있었다.

선생님

하늘과 땅 사이에
선생님이 사람다운 사람 만든다
나이가 어릴 때는
선생님 좋아하였고
나이 들어 장성하니
스승 찾아 나선다
배운 선생님 많아도
가르치는 스승 없고
따르는 학생 많아도
비법 전수받을 제자 없다 하니
선생님 만나는 것 쉬운 애정이고
스승을 만나는 것 외로운 투쟁이며
선생님은 배운 대로
지식 알려주지만
스승은 스스로 터득하는
지혜로 가르친다
일생 동안 배운 것이 부족하여
선생님을 찾아 뵙고
깨달음은 그 수가 적으니
아직도 배우고 따르는
학생이며 제자로
수업하는 시간 천금같이 귀하다.

불여우

와인에 취하고 음악에 취하여
두 박자 리듬 없는 블루스 안고
여인의 여린 살 냄새
부드러운 분 냄새는
손가락 힘을 실어
낭낭한 가는 허리 당겨 본다

고독에 취하고 조명에 취하여
떨리는 입술 더듬어 키스를 하며
여인의 끈적끈적한 향기는
호르몬 불기둥으로 불끈 솟아
전신 마비로 껴안고 늘어진다

순간 불빛 밝아
여우와 늑대는 풀어지고
그렇게 아름답던 여인의 모습
눈동자 파란 불빛 번쩍 돋운채
여우같이 덤벼드는 성난 맹수
순한 양 놓쳐버린 불여우로 보았다

그날 여인이 순한 양 되었다면
나는 분명 늑대 되었을 텐데
여인의 매혹은 야생 불여우라
장미꽃 유혹하는 것은
날카로운 가시 숨긴 뜻이라고.

사랑은 말한다

사랑을 느낄 때
티없이 맑아 보이는 진실

외로움 말할 때는
몸짓으로 말하며
사랑이 아플 때는
표정으로 말하고
만족하게 사랑할 때
달콤한 입술로 말한다

사랑 추한 것이
사나운 얼굴 대들고 악 쓰며
아름다움 짓이겨 버리는 것

사랑이 가장 아름다울 때
가슴 열어 진실 보이며
채우지 못해 모자란 사랑도
수정보다 고운 눈빛 발할 때
마음 뜨거운 불꽃으로 타버린다.

주차장에서

영혼도 운전수 되어
자동차 몰아 달린다
목적지로 달린다

가는 곳 빈칸에 세워
운전수 나간 빈껍데기는
몸 부린 침상처럼 쉬어간다

구획 정리 선 그어
임자 없이 들고 나는 빈 공간
고만고만한 또래 모인 공원묘지
운전수는 자동차 두고 떠났던가

살찐 영혼은 아직도 들어앉아
핸들 돌린 주인은 주차장 밖에
바퀴를 굴러 달린다
거리에 쌩쌩 달리고 있다
어디 가나 목적지 주차장
운전수는 자동차만 아낀다
끝없이 더 멀리 달리고 싶어.

사랑이 무너질 때

집 나서 가는 곳이 어딘가
매일 가던 길로 떠나는가
미치도록 사랑하는 것 때문에
목숨 만큼이나 소중이 간직하면서
무엇을 위하여 사랑해야 하는가
부모님 아들 · 딸 권세 명예 사업
권위와 학위 돈 때문에 사랑하는가
최후의 행복 사랑의 끝자락 꿀맛 위해

불타는 신앙도 따라가는 사랑이다
따르지 않으면 전지전능도 쓰레기
관심 있는 모든 것이 사랑의 대상
바라는 희망은 의지와 열정의 결과
사랑은 꼭 지켜야 할 의무인가
사랑도 무너지면 쓸모 없는 쓰레기

사랑에 차였는가 차인 것인가
가치 없는 사랑은 버려진 쓰레기
세상에 필요없는 존재는 모두 쓰레기
먹는 밥이 내 몸 사랑하는 의무인가
먹는 것을 사랑하지 않으며
맡겨진 책임 내 몸 사랑하듯 하였던가
쓰레기 사랑 가지고 차였던가
무겁고 힘든 가치 없는 사랑으로
가던 길을 가면서 아직 모르고 있었나.

금연의 각오

이기지 못한 울분 삭히려
연기를 연신 빨아댄 깊은 호흡
니코틴에 취해 팅하며 비잉 돌아
한순간 망각하는 분노
의지가 무너지는 순간이
몸 태워 돈 태워 마음 태워가며
맛있다는 연기 빨아대야 하던가

깊은 생각 언제나 금연한다고
마음에서 멀리 던져버리고 있지만
어느 순간 습관적인 불을 당겨댄다
니코틴 냄새 절어버린 잇몸보다
보이지 않는 허파 구석 끈적한 콜타르가
굴뚝 그으름처럼 붙어 있어도
허파 열어 보지 않아 자각 증상 모른다

입 안 허전하여 연기 갈증나
습관적으로 피우던 담배
정 만큼이나 끈끈한가 콜타르가 끈끈한가
강하게 작심한 마음과 담배와 싸운다
마음이 담배보다 약하단 말인가
어느 때에 분노가 치밀어
금연의 결심이 무너져 또 피우고 있는데
금연! 기필코 승리의 영광을 약속한다.

가로등

찬비 맞으며 자란 콩나물로
머리 그을린 눈망울
대낮 시름없이 졸다가
해 지면 눈 뜨고 길 밝혀
고개 떨군채
오가는 사람 표정을 보면
좁은 길 사람끼리 부딪히고
넓은 길 숨막히는 자동차는
아슬아슬 곡예 자랑 들이대면
몸 더 마를 것도 없이
숨 죽인 채 버티고 서 있다
북적대던 거리 조용하면
발자국 쌓이고 겹친 사연들이
서릿발 돋우듯이 일어나
숱한 이야기 밝은 빛으로 듣다 보면
신바람 절로 나고 눈물도 난다
구구절절 사연 환경미화원은
비질하여 싹싹 쓸어가 버린다.

기념품

확실한 혼적 하나 찾으려
목적지 향한 여행 떠난다

혼자 떠나도 둘이 함께하는
아직 알 수 없는 배고픔 하나와
속 다른 그림자 모습으로

시선 들어 올려
가속기 없는 걸음 걸음은
언제나 같은 길 같이 떠나고

스스로 품어 태워 만드는
온몸 살라버릴 용광로의 힘
모양 좋은 명품 틀 하나 있다만

쉬어 갈 수 없는 험한 길
소중한 기념품 하나 챙기려
이 길 저 길에 헤매고 있다

힘들 때!
쉬어 가다가
아끼던 것 모아온 것
다 주어놓고 가버릴까!

더욱 힘들 때는!
이름 석 자 새긴 돌판

혼령 찾아 깃든 기념품 하나
홀연히 따라나설 길 뿐이던가!

황금을 새기며

책장을 넘기면
모내기 끝낸 활자들이
줄지어 자라고 있다
읽어 볼수록 쑥쑥 자란다

마음밭 잡초 뽑아 가며
쓰러진 생각 북돋아 주면
상상의 즐거운 우주 속
아는 만큼 환한 세상 보인다

삶에서 방황하던 길
찾을 것도 없는 길 따라
한적한 오솔길 걸으며
잔잔하게 흐르는 시냇물로
마른 마음 축이면 생가슴 열려

글 속에 만나는 스승 따라
새로운 친구들 어울려 보면
북새통 시장 바닥 선술집
국밥보다 더 배부른 이야기

글 속 자꾸 들여다보면 볼수록
뿌리 깊은 나무 내 키보다 더
쑥쑥 자라는 글들 황금으로 새겨 본다.

6부

태평가

입이나 째지게 벙실벙실
술이야 고기야 배부르니
좋은 세상 둥글둥글 놀다 가세
꽃 속이라 벌 나비도 다 모여라

춤이나 멋나게 덩실덩실
풍악을 두들겨서 흥겨워라
바쁜 세상 쉬어 가며 구경 가세
여보시요 한 마당에 다 모여라

목소리 돋우어라 닐릴리야
합창으로 한 마당 넘치도록
젊은 세상 아니 놀고 언제 놀래
창가로 소리쳐라 동리에 퍼지도록

니~나노 닐릴리야 니~나노
얼싸 좋아 얼씨구나 좋다
입이나 째지게 싱글벙글
춤이나 덩실덩실 추어 보자.

소리꾼

남도 민요 육자배기
가난 타령이냐 님 찾는 애달픔이냐
가슴으로 울고 목청으로 달래 보는
맺힌 한 토하는 쉰소리

저승길 소리꾼 선(先)소리로
만가 육자배기 또 나온다
2음보 빠르게 재촉하는 길
4음보 저승길 멀기만 하여
상여꾼 뒷소리 화답하면
이승길 한 발 한 발 멀어지는데

꺾어서 나온 소리
태산보다 높이 쌓인 슬픔이고
늘려서 나오는 소리
가슴 맺힌 눈물 흐르는 소리
누군들 저 가락 잊고 살았던가

육자배기 한숨 절로 나오면
신세타령 소리꾼 되어
저승길 이승길 살풀이로
육자배기 노랫가락 늘어만 간다.

장터 구경

검정 고무신 이슬 채이며
황소걸음 아저씨 따라 20리길
소박한 촌사람 다 모인 장터에
길가 좌판 벌인 거친 손들
부르고 떠들고 흥정하는 난리통속

내 눈에 엿 목판 가락엿
붉은 단팥죽 유리병 속 왕사탕
널찍한 빈대떡 풀빵에 군침만 돌고
서린 김이 모락모락한 순대만 보인다
생전 처음 보는 진기한 만물들
눈동자 크게 열어 정신없이 찍어가며

장바닥 널린 좋은 옷보다
빨간 테 목양말 만져만 보고
소머리 국밥 한 투가리
국물 한 수저 남김 없이 비웠어도
뱃속이 허전한 채운 양(糧)이 없다

추석 보름 제수용 대목장에
온전한 정신 다 팔려
해 지기 전 오던 길 다시 걷는다
아저씨 왕대포 두 잔 얼큰하더니
가슴에 남아 있는 육자배기 쏟아낸다.

등짐꾼

장날 내 키 맞는 지게 맞추어
어깨 걸어 멜빵 조여
작대기 바쳐 걸어놓고
흙짐 두엄짐 보리짐 나락짐
가을일 끝나면 나뭇짐을
험한길 비탈길 오르내리며
등짐으로 실어 무거움을 모른다
어깨에 걸터앉은 멜빵보다
지게를 짊어진 걸음 물씬 무겁지만
한 짐 두 짐 등짐으로 종일이면
삼베 저고리 땀내 배인
땀 마른 하얀 소금줄
낙서같이 그려놓은 이야기를
듣지도 않고 털털 털어
찬물에 훌렁 벗어 던진다
지게 등짐 벗어 버리지 못하는
굳은 어깨살 아닌 마음은
지게 등짐보다 더 무거운 걸음으로
뼈골이 부서지고 쓰리도록
변함 없는 밤낮 등짐꾼
고달픈 삶을 짊어진 등짐꾼이
빌딩 속 책상을 안고 짐을 부린다
편안한 침상에 쌓여 있는 무거운 짐을
자고 새면 새로운 일로 짊어지고 나간다
흐르는 땀이 아닌 피 말리는 등짐을 지고…

접시밥

쌀보다 보리가 많은
수북히 쌓아올린 고봉밥을
거친 콩나물 나박김치
멀겋게 풀어놓은 시레기 된장국
고추가루 풀어 매운맛 없이
덥석덥석 젓가락질 집어대며
입 안에 가득한 건 어금니 운동시간
일거리 찾은 노동이라
목구멍 부드럽게 넘기는 작업
고봉밥 비워 빡빡하게 위장 채우면
신나고 열나는 하루 일이 좋았다

배부른 세상 따라
고봉밥 밀어내고 접시밥 먹는다
으깬 감자 구운 고깃덩어리
이맛살 구기면서 접시밥 남겼던가
고봉밥 그리워 남겼던가
보리밥 고추장 열무김치 비벼
양푼밥 먹던 것을
고급 접시밥 와인 한 잔 좋았은데
최루탄 소다수 소화제로 진압한다
거리에는 민주 자유 외치면
접시밥 시위는 뱃속에서 일어난다.

괴물 뽑기

믿을 만한 선거공약인가
사돈에 팔촌 집안 인물인가
부정없는 순백한 도덕성인가
믿고 뽑아 보는 지도자 한 사람

투표소 백성들은 만만한
멸치 갈치 꽁치 잘 골라 먹지만
먹지도 못하는 정치 변수 모르고

떡고물 음모에는 민주 속에 자유 있고
자유 속에 탄압하는 독재 드러내면
힘없는 풀뿌리는
흙 속이나 자유일까

뼈까지 먹는다는
'치' 자 이름 생선들은
밥상에 입맛들인 대우받았건만

내 손으로 찍어 뽑은 수장(首長)들은
저항하면 좌파 아첨하는 우파 갈라놓고
정치라는 이름으로
뼈째 날 잡아 먹는 괴물 집단.

나의 시간표

세월 빠른 것은
힘차게 달려오는 적토마 같이
야행성 활동 약싹 빠른 들쥐 같아

감추기를 바를 正 자에
자시 때에는 이불 속 마음
오시 때에는 열린 마음에

모으련다 바를 正 자로
깨어나면 쪼개 쓰고
잠이 들면 쌓아 두어

눈 깜박 사이 두 발 없이
속이고 도망가는 분 · 초 잡아
도적 같은 시간 붙들어
지갑 속에도 가두어 지킨다

틈새로 확인하여 숨겨두고
아낀 만큼 함께하려면
온몸으로 따르며 찾아가는
나의 시간표는 자正과 正오 사이사이
나를 찾는 소중한 시간 만들어 간다.

오늘

옛것은 떠나고 있다
언젠가 다시 돌아온다 해도
멈추지 않고 흐른다

시간도 흐르고
강물이 흐르고
바람마저 스쳐가며
끓는 피 온몸 구석으로
돌고 돌아 흘러서 옛것이 없다

심장은 초(秒)침보다 빠르게 뛰어도
잠시 쉬어 가는 법 모르고
옛것으로 가고 없다

내일도 자고 나면 오늘인데
어디론가 밀려가는 오늘도
오늘은 오늘로써 멈추지 않는다.

나의 집

280일 알몸으로 자라
이 세상 생기 맛보던 날
정신들어 깨어난 이목구비 열려
아름답게 꾸며져 있다는 것
엄마의 젖무덤에서
흙무덤으로 가는 길이
엄마의 포근한 젖가슴 같다는 것
맑은 정신으로는 알 수가 없던 일

엄마 품에서
세간살이 하던 나의 집안에
홀로 살아갈 필요한 필수품은
사랑이라는 작업복을 입었고
용기와 의지라는 걸음걸이와
노력과 열정의 중장비를 들여놓아도
불편한 마음 참는 것으로 정리하며
소박한 살림살이 안락한 집안 되었다

하나 보태기 하나는
둘 이란 것을 배우고도
하나 더하기 하나는
하나가 되었다는 것을
사춘기가 지나면서
또 다른 남의 집안 넘어다보며
사랑이라는 옷에 지울 수 없는
이 세상 때가 묻기 시작한다

나의 집안에 또 다른 주인이
또 다른 눈을 가지고 애초에 몰랐던
증오와 원망 질투와 시기
악랄한 위선자가 되어
이기심 왕성한 욕망들이 자란
잔악한 무리들과 한판 겨루어
치명상 입은 마음에
고질병 걸린 노력마저 주저앉고
의지는 절룩거리며
마지막 용기가 쓰러져 신음하는
화평한 나의 집안꼴이
가슴 무덤으로 늘어난다

언젠가 나의 집안 싸움에
다 무너져 버린 나의 집도
엄마 품 안에 잠든
포근한 젖무덤에서 있었던 일
행복이나 천국은 마음에 있었고
불행이나 지옥도 마음에 있다는 것을
맑은 정신으로 다 알았기 때문이다.

마지막 키스

가고 없는 자리
영원히 살아 있는
꽃으로만 피는 추억이고

눈감아 다문 입술은
말이 없는 진실
빈 자리 허전한
예고되었던 이별은

봄바람처럼 왔다가
겨울바람으로 떠나
싸늘이 식은 입술에
마지막 포개 보는 입맞춤

내 가진 체온 실어
거친 숨소리로 심어 본다.

철(哲)없는 것

속 비었다는 대나무
마디 있어 청(靑)색 변함 없지만
사람 속 비면 철없다 하니
마디 없고 색(色) 없으니
속빈 대나무만 못하도다

나이 20 약관, 30 이립, 40 불혹
50 지천명, 60 이순, 70 종심
80 산수, 90 졸수, 99 백수라
어느 세월 이 나이 중에 있어
속이 비면 마디라도 있으련만
하는 말 젖 비린내 마르지 않으니
고등교육 배웠다는 의구심 가져오고

가정교육 학교교육 다르다 하지만
배운 것 철없으면
생각 없는 리모트 콘트롤 되어
실력 좋고 체력 좋아 고장나면 고물이라

사철 없으니 윗물 아랫물 흐려
사철 없이 생산하고 사철 없이
쏟아지는 청과물 제값 없는 것
나이 어딘가 마디라도 있었으면
고집불통 뚝심이라도 화끈할 건데.

알래스카

겉멋은 사람 살 곳 아니던가!
매운 바람 지켜 섰고
깊은 뜻 황금이라
기름통이 보물 창고

봉우리 높아 만년설
쌓인 만년 녹아나면
옥색으로 굽이쳐 돌아서 간다

알배기 연어 떼 월척 또 월척
물길 여정 억만리 요람 찾아
짠물마저 우려 찬다 거친 물살로

달이 뜨고 해가 떠도
하지 되면 한철 빛을 살펴놓고
동지 오면 온종일 어둠 깔아 자장가

시린 이빨 흔들흔들 자빠져 나가
시간 비벼 말린 고기 생고기
물컹덜컹 오물오물
고래 잡아 풍년 잔치

북두칠성 물 바가지
기러기 하늘 펄펄 날아들며
늦은 밤 오색 구름 깔아놓아
꽃사슴 짝지어 꽃단장이 분주하다.

얼음집(Igloo)

알래스카 최북단 Barrow(베로) 마을에
에스키모 여우 털로 싸여 있어도
Igloo(이글루) 얼음집 흔적도 없네

선조시대 얼음집에
서로 서로 집단으로 뭉쳐
나뭇잎 같은 카누 타고
고래 사냥하며 물개 잡고
들판 사슴 몰이 나누던
내 것 네 것 없는 공동체가
얼음집 녹아버리듯
공동체 흩어진 외톨이 되었네

최첨단 개인 장비
무선 전화기 낯설지 않고
스노모빌 밟아 설원 질주하는
에스키모 사람들은
얼음집 가슴에 짓고 누비는가!

알래스카 얼음집 녹아 없어진들
시대 초월하는 문화인이
얼음덩이보다 더 차가운
냉정한 가슴 지닌 것은 마찬가지.

사람 人자 세운 사람들

당신이 사람을 아시오
사람을 알 것 같지만 사람 마음은 모르것소!
허~허 참! 사람을 안다고 하면
판판한 탁자 위에 나무젓가락으로
사람 人자 세워 보시오?

판판한 탁자 위에 사람 人자 세우는 사람이 어디 있소
아직도 당신은 사람 人자 모른단 말이오

사람 人자 세운다면 사람이 되는 것이요?
그렇소. 사람 人자 세우면

사람 人자 세웠소

판판한 탁자는 보통 사람이 하는
남녀 서로 좋아 꽂아 세우는 법이 있소
사랑이라 하지만, 사람 생산하는 일 같은 것이요

모래 속에 꽂아서 세워진 사람 人자는 유명한 사람들이요
역대 노벨상을 수상한 학자들이며, 돈 많은 재벌들이고
대통령이나 훌륭한 영웅들이요

모래밭이란!
그 사람들이 세워지는 피땀의 노력이고
빛나는 업적을 쌓은 공덕들이요
사람 人자 세우는 것은

작은 모래들을 산처럼 쌓아 모으는 것이요
사람 人자 사람 되는 것은
스스로 모래밭을 만들어 가는 것이요

사람 人자 그렇게…

어버이

아들딸에 노심초사
큰아들 소금 장수 같고
작은딸 우산 장수 같아

첫 새벽에 하늘 보며
날 좋아도 한숨 되고
비가 와도 기쁘지 않네

어버이의 쓰린 마음
편할 날이 없는 것이
자식 낳은 큰 죄련가

잘 살아도 못 살아도
다 큰 자식 철없다고
한몸 되어 안고 산다

자식 된 아들딸이
어버이의 이 마음을
헤아릴 줄 알까 마는

어머님! 아버님!
우리 어버이!
같은 자식 같은 사랑
평생 동안 변함없네.

개 썰매

한 시간에 오십 리 달린다
눈보라 속 혹한 칼바람 안고
거친 숨소리 깔며
폭풍의 속도로 달린다

서른두 발 허공 박차며
뒷발 밀치며 뛰는 힘이
태풍 휘말린 해적선 노처럼
같은 행동 지칠 줄 모른
길잡이 가는 대로
두 줄 묶어 달린다

맨발로 질주하는 설원의 대지
아무도 가지 않는 얼음길
뒤돌아보지 않고
신이 부르는 곳으로 달린다

앞으로~! 앞으로~!
Mushier~! 머서~!
신은 힘찬 소리를 지른다
썰매를 달고 희망을 끌고
함께하는 신은 등 뒤에 있었다.

　*알래스카 개 썰매는 iditarod(아이디타로드) 에스키모 언어로 '먼 곳', 선도견
(길잡이)이 가는 대로 시베리아 허스키(종;털이 짧고) 또는 말라뮤드(종;털이 길다)
16마리가 이끄는 설원을 달리는 도구이다. 에스키모인들이 겨울철 사냥이나 교통
수단으로 쓰이는 개 썰매를 보고, 내가 소원하고 기도하며 찾는 신은 앞에 있는 것
이 아니라 등 뒤에 있었다는 것을 알게 되었다.

북두칠성

별을 보는가
별을 찾는가
별 중에 황제 북극성
황제 지성으로 섬기는 북두칠성

어둔 바닷길 나침판은
북두칠성 찾아 북극성 보며
시간 알고 장소 알았던
막막한 바닷길 알려주었다면

밤하늘 물 바가지 물이 고이도록
기러기 떼 날갯짓 바람이 일고
님 기리는 여인의 갈급함이
칠성에 물이 고이도록 소원을 빈다

밤새도록 물 바가지 물 고여
북극성 마른 목 축이면
횃대 치며 첫 닭이 울고
희망찬 새 날 밝아 있었다.

　*알래스카 주를 상징하는 주기(州旗)는 밤하늘에 북두칠성과 북극성
이다. 여름에는 백야의 현상으로 밤하늘이 없지만, 겨울에는 밤이 길어
혜성들이 현란한 하늘이 유난히 가깝게 보여 아름답다. 북극성을 중심으
로 북두칠성 기울기가 시간마다 다르게 보인다. 북두칠성 기울기는 시간
을 가르키는 나침판임을 그 옛날 바닷길 항해에 도움이 되었다는 것을 비
로소 알게 되었다.

청결한 영혼의 시 소리꾼
―서용덕의 시세계

유한근(문학평론가 · 한성디지털대학교 교수)

　시는 정직한가? 시의 표현구조인 은유, 상징, 아이러니, 알레고리, 신화원형은 시의 정직성을 훼손하는가? 이 질문에 답하기 전 분명한 것은 우리가 시의 정직성을 믿는다는 것이다. 시는 꼭 정직하여야 하며, 그 정직이 독자를 감동시킬 것이기 때문이다. 시의 표현구조가 감동의 표현 방편으로서 사실을 은폐하고 본래의 뜻을 감춘다 하더라도 우리는 그것이 삶이나 인간의 본체 혹은 본질을 드러내기 위한 장치임을 의심하지 않는다.

　서용덕 시인의 시는 직설적인 만큼 정직하다. 그 정직성이 시의 힘이 되어 독자에게 전달된다. 시인은 이 시집의 서문에서 자신이 왜 시를 쓰는가를 명증하게 밝힌다. 평론가의

손을 굳이 빌리지 않더라도 자신의 시 세계를 명증하게 밝히고 있다.

　일상의 위선을 방어하는 내면의 갈등을 이겨내려 진솔하고 투명한 것들을 안고 괴로워했다. 지천명(知天命)이 되어서 가슴과 영혼 속에 질서 없이 뒤엉킨 글들이 하나의 시(詩)로 엮어진 한(恨) 많은 노래들이었다. … 표면적이면서도 비속하고, 상투적인 일상의 것들이 연민과 조소가 얼룩진, 자기 비판과 현실 인식을 병든 영혼마저 씻어 보려고 하였다. 어쩌면 이 영적 싸움이 짧은 토막으로 호소하는 시적 이미지는 마음을 치료하기 위한 저항이며 투쟁이었는지도 모른다. … 인생 고백으로 뿜어져 나오는 여섯 가지 감정의 희로애락애원(喜怒哀樂愛怨)의 역설적인 아이러니(irony)다.
　―시인의 〈서문〉 중에서

　위의 글을 요약하면, 시인이 시를 쓸 수밖에 없는 이유는 첫째, 위선적인 일상의 삶을 청결한 영혼으로 닦아내기 위함이며, 둘째는 혼돈된 정서와 사상을 시로 질서를 부여해 주기 위해 쓴다는 것이며, 셋째는 시인에게 있어 시 창작 작업은 마음 치료를 위한 저항 혹은 투쟁이라는 역설(力說)이 그것이다. 그리고 이를 실천하기 위한 시적 표현의 방법은 진솔함과 투명함이라는 것도 밝히고 있다. 그리고 한편으로는 자신의 시는 한(恨) 많은 노래이며, 희로애락애원의 역설적인 아이러니임도 토로하고 있다.

서용덕 시인의 관심은 시·공간을 초월한다. 자신의 내면 탐색은 물론 세상의 모든 일에도 그는 관심을 기울이며 시야로 포착한다. 시대 인식과 공간 인식을 교직하며 시 세계를 넓힌다.

이 세상에는/e-세상이다//신선이 사는 무릉도원 천국 같은/블랙홀이 지뢰밭으로 깔린 e-세상에/생쥐 한 마리는 들썩들썩 문을 열어준다//그 많은 창문에서/그 많은 것을 내 것 찾고 찾아가는/스크린에 스며나는 저 모양들이/이 세상에 천하 신기루//e-세상을/이 세상으로 안위하게 살아갈 때/기름진 마음 차츰 말라 비틀어져 가고/신음하는 숨소리가 가파지기 시작한다//이 세상에 웃자란 어린이가/e-세상에 어른 되었다고/세상 물정 모르는 어른들이 못 본 체하고//나 또한 e-세상 앞에서 숨소리 없이/생피 마르는 건조장을 모르는/e-세상에 눈독 들이대고 떠날 줄을 모른다.
　—〈e-세상 1〉 전문

위의 시는 쉽고 편한 컴퓨터 세상의 혼돈과 건조함을 비판하는 세태 비판 혹은 정보 사회의 하이퍼텍스트 세상을 비판하는 시이다. 엘빈 토플러가 예상한 현대 정보화 사회는 다양화 사회라는 긍정적인 국면도 있지만, 인간성을 말살하고 편함을 추구하며 느림의 미학을 모르는 인간과 인간의 소통을 외면하는 세상임을 서용덕 시인은 이 시집의 서두에서 힘주어 말한다. 이에 따라 시인은 자신을 비롯한 세상 사람들이 '자물통 인생'임을 인식한다. '더불어 사는 오물통에/사랑 없다!/자유 없다!/인권없다!//눈먼 자 듣는 소리 예민하여/저 소리를 들었는가?/시끄럽다 잘난 소리!//닫힌 문 두드리면 잘도 열려/열린 문에 믿음 없는 도적떼가/지은 죄 사방으로 널어놓고/받을 벌 재주 자랑 기막히니//허리춤에 열쇠 걸이 묵직함은/도적 단속 소리 단속 분명하나/벗는 몸 터진 입 피할 곳으로//눈을 감고 귀 막으려/세상 잊고 살고 싶은 수인 되어/숨겨 가는 옥방 벽도 높고 높아/사람 사이 쌓을 탑이 없다 한다//가지고 있었던가!/가슴팍 단단한 고리 묶은/벌겋게 녹슨 자물통을!' (시 〈자물통 인생〉 전문 인용)이 그것이다. 이 자물통에 대한 인식과 정보 사회의 역기능에 대한 인식이 그가 서정시를 쓰게 하는 배경이 되었는지도 모른다.

서용덕 시인을 편의상 분류하면 서정시인에 속한다. 스스로도 이 시집의 서문에서 밝혔듯이 한(恨)을 노래하는 이 땅의 천상 서정시인이다. 모국어 문화권이 아닌 타국 알래스카에서 살고 있지만 원형질적인 토속 정서를 고스란히 지니고 있는 한국의 서정시인이다.

하늘에 떠돌다 내려온다
흙에서 거두어 올라가
꽃으로 피어나는 구름이면
누군가 떠나는 하늘가에

혼령으로 피어나는 꽃이던가

하늘 뭉클게 피어나는 바람꽃
꽃향기 흩어 내리는 진통은
눈물이고 기쁨이며 또 다르게
피어난 꽃으로 심어지는 숨결

하늘에 바람꽃이 필 때
마음은 계절을 잃어버리고
바람꽃 머무는 꽃망울이
마음 아린 고귀한 사랑은
가슴에서 피어나는 것이다

바람꽃이 질 때
수많은 사랑으로 모여
이 땅 굽어 살피며
구름 같은 마음이던가.
　　　　　―〈바람꽃이 필 때〉 전문

　이 시에서 '바람꽃'은 무엇을 의미할까? '하늘에서 떠돌다
가 땅으로 내려와 흙이 되었다가 다시 하늘로 올라가 꽃으
로 피어나는 구름이 되었다가 하늘가를 떠도는 혼령으로 피
어나는 꽃', '눈물이고 기쁨이며' 진통으로 피어나는 꽃을
시인은 '바람꽃'이라 부른다. 그리고 그 바람꽃이 하늘에서
필 때, '마음은 계절을 잃어버리고 마음 아린 고귀한 사랑은

가슴에서' 핀다고 했다. 또한 바람꽃이 질 때는 '수많은 사랑으로 모여 이 땅을 굽어보는 구름' 이라고도 말한다. 그렇다면 그 꽃은 무엇을 의미하는 것일까? '바람꽃' 은 하늘과 땅의 연기(緣起)에 의해 핀 꽃이며, 시간을 초월하여 마음 아린 고귀한 사랑으로 핀 자비의 꽃이라 정리할 수 있을 것이다. 다분히 동양적이고 초월주의적이며 신비주의적인 꽃이다. 그리고 이 세상에서 가장 큰 사랑의 꽃이다. 이 상상력에 의해 만들어진 보이지 않는 힘에 의해 그는 시를 쓰고 있는지 모른다. 시인에게 있어 이 바람꽃은 시 〈희망 3〉에서 '아직 보이지 않는/먼 길이 그 무엇일까 하는…' 정체 모를 신비한 것일지도 모른다.

　서용덕 시인은 시 〈詩를 위하여〉에서 '시인 되기 위해 가져야 했다/가난한 마음을//시인 되기 원하여 다 버려야 했다/덧씌워진 가면을//시인 되기 위하여 간직하려 한다/깨달음이 주는 지혜를//시를 위해 할 수 있는 것은/나를 버린 씨름으로/우주의 세계로 돌아오면//삶의 노래 시가 되어/스스로 드러내 보일/거울 앞에 있는 모습대로//숨어 살 수 없는 것이/시인 되어 시인처럼/詩와 함께 같이 가련다.' 라고 토로하고 있는데, 이 시에서의 '우주의 세계로 돌아오면//삶의 노래 시가 되어' 라는 구절에서처럼 우주의 세계로 돌아오는 그 무엇, 삶의 노래가 되는 그 무엇이 '바람꽃' 은 아닐까?

　시인은 시 〈나 모르는 병〉에서 '붉은 피 사랑이 멍든 독기

는/쓸쓸이 마음이 썩은 확실한 병명/종합검진에도 없는 병/
진실한 자아 모르는 병을 가진 환자.' 로 자신을 인식한다.
이는 물론 시인의 겸손이다. 시를 위하여 자신까지도 버릴
줄 아는 지혜로운 시인에게 있어 진실로 자아를 모른다는
토로는 분명 겸손이다. 더 큰 지혜의 길로 나가기 위한 시인
의 순수한 열정이기도 하다. 시 〈노숙자(露宿者)〉에서 처럼
제복 입은 사내들에게 쫓기는 노숙자를 연민의 눈으로 바라
보는 시인에게 있어서는 더욱 그러하다. 그리고 거미집을
통해 삶의 방향을 탐색하고 제시하는 통찰력 있는 시인에게
는 더욱 그러하다.

집 짓기 위하여 길을 만든다
그 길에 집이 따로 있지 않고
길이 집이요 집이 길이다
거미가 살아가는 법은 독불장군
내가 가야 할 길 같은가
허공에 길 만들어 집을 짓고
그 길에서 기다리는 시간은
삶인가! 때로는 운명인가!
허공 속에 자기 땅을 차지한
뻥뻥 뚫린 거미집에
바람도 세월도 걸러 지나서
뻥뻥 뚫린 구멍으로 걸린 것이
거미는 길에서 살아가는 법을 기다린다.
　－〈거미집〉 전문

서용덕 시인의 대표작으로 내세워도 손색이 없는 위의 시 〈거미집〉은 '길이 집이요 집이 길이다' 는 격언적인 시행과 만나게 된다. 삶에 대한 깊은 통찰력 없이는 가능하지 않은 시행이다. 인생 무상, 허무의식 등 삶에 대한 공(空)사상이 그것이다. 이 시에 있어서 거미는 허공에 매달려 있는 중간자이다. 하늘과 땅에 부초처럼 떠도는 중간자이며 고독한 단독자일 뿐이다.

이에 대한 유사한 인식은 시 〈나의 집〉에서도 '엄마의 젖무덤에서/흙무덤으로 가는 길이/엄마의 포근한 젖가슴 같다는 것/맑은 정신으로는 알 수가 없던 일' 로 나타난다. 그리고 한편으로 시 〈사람 人자 세운 사람들〉에서는 '당신이 사람을 아시오/사람을 알 것 같지만 사람 마음은 모르것소!/허~허 참! 사람을 안다고 하면/판판한 탁자 위에 나무젓가락으로/사람 人자 세워 보시오? 라는 화두를 던지기도 한다. 그리고 시 〈소리꾼〉에서 삶과 죽음, 이승과 저승을 잇는 시 소리꾼으로서 노래한다.

남도 민요 육자배기/가난 타령이냐 님 찾는 애달픔이냐/가슴으로 울고 목청으로 달래 보는/맺힌 한 토하는 쉰소리//저승길 소리꾼 선(先)소리로/만가 육자배기 또 나온다/2음보 빠르게 재촉하는 길/4음보 저승길 멀기만 하여/상여꾼 뒷소리 화답하면/이승길 한 발 한 발 멀어지는데//꺾어서 나온 소리/태산보다 높이 쌓인 슬픔이고/늘려서 나오는 소리/가슴 맺힌 눈물 흐르는 소리/누군들 저

가락 잊고 살았던가//육자배기 한숨 절로 나오면/신세타령 소리꾼
되어/저승길 이승길 살풀이로/육자배기 노랫가락 늘어만 간다.
  ―〈소리꾼〉 전문

  위의 노래는 시인 자신의 노래이기도 하며 시인의 소명의
식을 소리꾼에 비유하여, 시가 무엇인가를 환기하는 시이기
도 하다. 이승과 저승을 잇는 소리꾼의 역할을 시인의 역할
로 서용덕 시인은 동일시하는 것일까? 자신을 시인으로서
'영혼의 소리꾼' 이기를 원하는 것일까? 이에 대한 결론을
지금으로서 유보해도 좋겠지만(다음 작품을 좀 더 접한 뒤
에 내려도 좋겠지만) 분명한 것은 시인으로서 그는 자신이
영혼의 탐색자이기를 원하며, 청결한 영혼으로 나아가기를
희망하고 있으며, 좀 더 나아가서는 이승과 저승을 잇는 육
자배기에 능한 지혜로운 소리꾼이기를 원한다는 사실이다.
  서용덕 시인은 천상 한국적인 서정시인이다. 그리고 자신
의 안과 밖을 두루두루 살필 줄 아는 삶의 지혜를 추구하는
시인이다. 그리고 한편으로는 신비한 세계를 탐험하는 시인
이기도 하며, 소리꾼이 되기를 원하는 시인이기도 하다.
  이 모든 사실이 그의 시를 주목하게 한다.

이글루(Igloo)에 가득 고인 휴머니즘 (Humanism)의 서정적 율조(律調)

김우영(소설가 · 한국문인협회 회원)

1. 서시(序詩)

이 세상에는
e-세상이 있다

신선이 사는 무릉도원 천국 같은
블랙홀이 지뢰밭으로 깔린 e-세상에
생쥐 한 마리는 들썩들썩 문을 열어준다

그 많은 창문에서
그 많은 것을 내 것 찾고 찾아가는
스크린에 스며나는 저 모양들이
이 세상에 천하 신기루

e-세상을
이 세상으로 안위하게 살아갈 때
기름진 마음 차츰 말라 비틀어져 가고
신음하는 숨소리가 가파지기 시작한다

이 세상에 웃자란 어린이가
e-세상에 어른 되었다고
세상 물정 모르는 어른들이 못 본 체하고

나 또한 e-세상 앞에서 숨소리 없이
생피 마르는 건조장을 모르는
e-세상에 눈독 들이대고 떠날 줄을 모른다.
―〈e-세상 1〉 전문

2. 인연의 실타래에 맺힌 서 선배님과 끈끈한 정

　지난 가을날, 내가 운영하는 '김우영 작가방' 에 어느 낯선
분의 방문이 있었다. 이 반가운 분은 저 멀리 미국 설원의 땅
알래스카 호머에 사는 서용덕(徐龍德)이라는 분이다.
　지난 1984년 한국에서 미국으로 이민하여 귀화한 아브라함
용 서(Abraham Yung So)란 이름으로 이글루(Igloo)에서 보
낸 정겨운 편지는 나를 감동시키에 충분한 내용의 편지였다.

　김우영 작가방은 미국 로스앤젤레스, 시카코, 캘리포니아

뉴욕을 비롯하여 중국 연변, 흑룡강성, 요령성, 베트남 하노이, 호치민, 일본 도쿄, 오사카 등 많은 국가의 교포 문인 등이 수시로 드나들기에 새삼스런 일은 결코 아니다.

그러나 서용덕 선배님의 방문은 특이했다. 편지 내용이 순수하며 때묻지 않은 훈훈한 휴머니스트(Humanist) 내음이 가득하였다. 그리고 서 선배님 특유의 소박한 향취와 정감이 담긴 절실한 편지 내용이었기 때문이다.

더욱 나와 반가운 인연은 어려운 시절에 공부하던 때 학교 선·후배라는 동문수학의 끈끈한 실타래 정이 이어지는 분이었기 때문이다.

또한 내가 좋아하는 한국 전북 정읍시의 은희태 시인의 학교 제자라니 이 얼마나 그리운 가슴과 가슴 따스한 e-세상에 녹녹한 미학(美學)이란 말인가?

동문수학(同門修學)이란 말은 스승 밑에서 함께 학문을 배우거나 수업을 받은 사람을 말한다. 또는 동문동학(同門同學), 동문수업(同門受業)이라고도 말한다. 같은 스승을 모시고 공부한 사제동맹(師弟同盟)을 말하기도 하는데 이는 가까웁게는 형제의 의를 맺음에 비유하기도 한다. 이 아름다운 e-세상 함께 가는 동반자임에 분명 소중한 인연의 실타래이다.

나와 아브라함 서용덕 선배님과의 인연은 참으로 살가운 인연 속 쾌속 질주이다. 앞으로~! 앞으로~! 아이디타로드 (iditarod) 머셔(Mushier)!

3. 서정적 율조(律調) 메타포(Metaphor) 시론(詩論) 가까이 가기

－고향 언저리를 맴도는 노스텔지어(Nostalgia)

지구 저편 멀리 미국 알래스카에서 정성스럽게 앨범으로 만들어 보낸 서용덕 시인의 시에는 그리움과 가슴이 녹녹하였다. 여기에 실린 시편들이 행복한 e-세상 이글루(Igloo)에 따스하게 하였다. 휴머니즘(Humanism)의 서정적 율조(律調)로 가는 미학(美學) 시론(詩論)이라는데 우리는 동의를 하지 않을 수 없다.

그만큼 서 시인은 가슴이 따스하며 인정이 샘물처럼 고인 분이라는 귀결점에 착안을 해야 한다. 시어(詩語) 하나의 선택과 시적 메타포(Metaphor)는 언어를 오래 다루어 본 예사로운 솜씨가 아니었다. 아래의 〈고향 생각〉이란 시를 살펴보자.

고향 떠나 수만 리 도시로 간다
텃밭 같은 품 안을 떠나
먼 나라 막막한 들판까지 왔는데

멀어진 고향 잊기에는
아직은 생생한 비릿내움
태어나 자란 곳 바라보는 하늘 저편에
언제나 마음은 고향에 살아 있다

황량한 들판에서 먼 하늘로
시선이 머무는 곳
머리 돌려서 떠나지 않는 고향의 그 무엇
(중략)

내 고향은 외로움 달래주는 그리움이
산처럼 쌓이고 골처럼 깊어만 간다.
　―〈고향 생각〉 중에서

'멀어진 고향 잊기에는/아직은 생생한 비릿내음/태어나 자란 곳 바라보는 하늘 저편에/언제나 마음은 고향에 살아 있다'

이 시는 서 시인의 감흥과 노스탤지어(Nostalgia)가 녹녹히 서정성으로 녹아 독자의 시선을 끌기에 충분하다. 그리고 종장(終章)에서의 표현은 눈물 시리게 표현한 부분으로써 이 시의 압권(壓卷)을 이룬다.

'내 고향은 외로움 달래주는 그리움이/산처럼 쌓이고 골처럼 깊어만 간다'

시인은 주변과 환경의 정서를 먹고 산다고 했다. 그래서 저 유명한 '엘리엇' 시인은 그의 어록에서 이렇게 말했다.

"위대한 시인은 자기 자신에 대해 쓰면서 동시에 자기 시대를 그린다."

또한 '키에르케고르' 시인도 시인의 생애에서 자신의 삶을 이렇게 회고했다.

"시인이란 그 마음속에는 남이 알지 못하는 깊은 고뇌를 감추고 있으면서, 그 탄식과 비명이 아름다운 음악을 연주하면서 흘러나오게 되어 있는 입술을 가지고 있는 불행한 사람이다."

─알래스카를 사랑하며

아래는 서용덕 시인이 사는 주변 환경을 아우르며 쓴 시 〈개썰매〉란 작품이다. 반가운 마음으로 가까이 가 보자.

한 시간에 오십 리를 달린다
눈보라 속 혹한 칼바람 안고
거친 숨소리 깔며
폭풍의 속도로 달린다

서른두 발이 허공에 박차며
뒷발 밀치며 뛰는 힘이

태풍에 휘말린 해적선 노처럼
같은 행동 지칠 줄 모른
길잡이 가는 대로
두 줄 묶어 달린다

맨발로 질주하는 설원의 대지
아무도 가지 않는 얼음길
뒤돌아보지 않고
신이 부르는 곳으로 달린다

앞으로~! 앞으로~!
Mushier~! 머셔~!
신은 힘찬 소리를 지른다
썰매를 달고 희망을 끌고
함께하는 신은 항상 등 뒤에 있었다.
―〈개 썰매〉 전문

미국 북쪽 설원의 땅 알래스카는 개 썰매 아이디타로드(Iditarod)의 고장이다. '아이디타로드' 라는 말은 알래스카 원주민 에스키모의 언어로 '먼 곳' 이라는 뜻이다. 아이디타로드는 선도견(길잡이)이 가는 대로 시베리아 허스키 종(털이 짧고)과 또는 말라뮤드 종(털이 길다) 개 16마리가 이끄는 설원을 달리는 썰매 도구의 하나이다.

알래스카의 원주민 에스키모인들이 겨울철 사냥이나 교통 수단으로 쓰이는 개 썰매를 보고, 서용덕 시인이 소원하고

기도하며 쓴 시이다. 이 시를 보면 서 시인의 신(神)은 앞에 있는 것이 아니라 등 뒤에 있었다는 것을 알게 된다.

〈개 썰매〉란 시 속에 나레이션(Narration)과 나레이터(Narrator)를 적절히 조우(遭遇)시켜 신과 커뮤니케이션(Communication) 조화를 이룬 시이다. 그만큼 서 시인의 두터운 신앙심의 바탕 위에서 진솔한 삶의 가운데에서 기도하며 시를 쓴다는 것이다.

다음의 시를 감상해 보자. 자연과 인생(人生)에서 체험한 생각과 느낌을 상상을 통해 율문적인 언어(言語)로 압축하여 형상화(形象化)한 창작문학의 메타포(Metaphor) 양식이다. 여기에 예술성, 음악성, 압축성, 주관성, 정서성까지 고르게 갖춘 수작(秀作)이다.

별을 보는가
별을 찾는가
별 중에 황제는 북극성
황제 지성으로 섬기는 북두칠성

어둔 바닷길 나침판은
북두칠성 찾아 북극성 보며
시간 알고 장소를 알았던
막막한 바닷길 알려주었다면
(중략)

밤하늘 물 바가지 물이 고이도록
(중략)

밤새도록 물 바가지 물 고여
북극성 마른 목 축이면
횃대 치며 첫 닭이 울고
희망찬 새 날이 밝아 있었다.
―〈북두칠성〉 중에서

미국 알래스카주를 상징하는 주기(州旗)는 밤하늘의 북두칠성과 북극성이다. 여름에는 백야의 현상으로 밤하늘이 없지만, 겨울에는 밤이 길어 혜성들이 현란한 하늘이 유난히 가깝게 보여 아름답다. 북극성을 중심으로 북두칠성 기울기가 시간마다 다르게 보인다.

서 시인은 북두칠성 기울기는 시간을 가르키는 나침판임을 그 옛날 바닷길 항해에 도움이 되었다는 것을 비로소 알게 되었다며 이 시를 이렇게 정감 있게 레토릭(Rhetoric)을 구사했다.

이 작품을 보면서 문득 서양의 시인 '아리스토텔레스'가 한 말이 생각이 났다.

"시는 자연의 모방이다!"

위 시에서 시의 운율을 회화적 요소를 이미지(image)로 승화시켜 의미적 요소인 정서와 감각요소, 주요소를 성공적으로 살려내고 있다. 그만큼 시인의 자신이 사는 자연환경에 순응하며 삶을 긍정적으로 살고 있다고 풀이된다.

사랑을 느낄 때
티없이 맑아 보이는 진실

외로움을 말할 때는
몸짓으로 말하며
사랑이 아플 때는
표정으로 말하고
만족하게 사랑할 때
달콤한 입술로 말한다
　―〈사랑은 말한다〉 중에서

세계적인 시인 '휘트먼' 은 말했다.

"알려진 우주에는 한 사람의 완전한 연인(戀人)이 있으니, 그는 가장 위대한 시인이다."

아름다운 e-세상에 사랑만한 소중한 보배가 어디에 있으며, 사랑만한 진귀한 에너지가 어디에 있을까?

또 중국 농민의 질팍한 삶을 소재로 쓴 '펄벅' 작가의 『대지』에 견주는 장편소설 『슬픈 인연』의 작가인 '경요' 도 그의 소설 말미에서 '사랑' 을 이렇게 정의하고 있다.

"이 세상에서 영원히 사라지지 않은 것은 오직 '사랑' 뿐이다."

따라서 서용덕 시인도 사랑을 소중한 모티브로 소재하여 '사랑은 말한다' 라는 시를 썼다.

다음의 시는 서용덕 시인이 자랑하는 대표적인 시이다. 감상해 보자.

당신이 사람을 아시오
사람을 알 것 같지만 사람 마음은 모르것소!
허~허 참! 사람을 안다고 하면
판판한 탁자 위에 나무젓가락으로
사람 人자 세워 보시오?

판판한 탁자 위에 사람 人자 세우는 사람이 어디 있소
아직도 당신은 사람 人자 모른단 말이오

사람 人자 세운다면 사람이 되는 것이요?
그렇소. 사람 人자 세우면

사람 人자 세웠소

판판한 탁자에는 보통 사람이 하는
남녀가 서로 좋아 꽂아 세우는 법이 있소
사랑이라 하지만, 사람 생산하는 일 같은 것이요

모래 속에 꽂아서 세워진 사람 人자는 유명한 사람들이요
역대 노벨상을 수상한 학자들이며, 돈 많은 재벌들이고
대통령이나 훌륭한 영웅들이요

모래밭이란!
그 사람들이 세워지는 피땀의 노력이고
빛나는 업적을 쌓은 공덕들이요
사람 人자 세우는 것은
작은 모래들을 산처럼 쌓아 모으는 것이요
사람 人자 사람 되는 것은
스스로 모래밭을 만들어 가는 것이요

사람 人자 그렇게…
　―〈사람 人자 세운 사람들〉 전문

이 시에서 서 시인은 절규에 가까운 목소리로 사람 人자에 대하여 읊조리고 있다. 제대로 된 사람, 노력한 사람을 애타게 그리워하고 있다.

'판판한 탁자에는 보통 사람이 하는/남녀가 서로 좋아 꽂아 세우는 법이 있소/사랑이라 하지만, 사람 생산하는 일 같은 것이요//모래 속에 꽂아서 세워진 사람 人자는 유명한 사람들이요/역대 노벨상을 수상한 학자들이며, 돈 많은 재벌들이고/대통령이나 훌륭한 영웅들이요//모래밭이란!/그 사람들이 세워지는 피땀의 노력이고/빛나는 업적을 쌓은 공덕들이요/사람 人자 세우는 것은/작은 모래들을 산처럼 쌓아 모으는 것이요'

작은 모래라는 부소재를 시의 바탕에 깔았다. 그리고 그 기조 위에 사람 人자라는 주제로 시를 풀어가는 은유의 기법이 힘차다. 서 시인은 사람 人자 세우기 위해 그 얼마나 많은 모래들을 바탕 위에 깔아야 사람 人자가 된다는 말을 하고 싶은 것이다.

아름다운 e-세상에 되지 못한 사람이 그 얼마나 많은가? 판판한 탁자에 사람 人자를 세우고 사람이라 자초하는 모순된 사람들이 얼마나 많은가?

사람이라 하여 다 사람이 아니다. 반드시 숱한 고통과 인내 노력, 피와 땀방울의 모래가 바탕이 되어야 반드시 사람 人자가 제대로 선다고 서 시인은 사회를 향하여 부르짖고 있는 것이다.

리얼리즘(Realism)을 기조한 시어(詩語) 전개로써 독자의 감흥을 불러일으키기에 충분한 카타리시스(Catharsis)이다.

아래의 시는 서 시인이 사는 알래스카 주변을 보고 쓴 〈알래스카〉와 〈얼음집(Igloo)〉이란 시의 일부이다. 함께 살펴보자.

겉멋은 사람 살 곳 아니던가!
매운 바람으로 지켜 섰고
깊은 뜻은 황금이라
기름통이 보물 창고

봉우리 높아 만년설
쌓인 만년 녹아나면
옥색으로 굽이쳐 돌아서 간다
(중략)

달이 뜨고 해가 떠도
하지 되면 한철 빛을 살펴놓고
동지 오면 온종일 어둠 깔아 자장가
(중략)

북두칠성 물 바가지
기러기 하늘 펄펄 날아들며
늦은 밤 오색 구름 깔아놓아
꽃사슴 짝지어 꽃단장이 분주하다.
―〈알래스카〉 중에서

알래스카 최북단 Barrow(베로) 마을에
에스키모 여우 털로 싸여 있어도
Igloo(이글루) 얼음집 흔적도 없네

선조시대 얼음집에는
서로 서로 집단으로 뭉쳐
나뭇잎 같은 카누 타고
고래 사냥하며 물개를 잡고
들판에 사슴 몰이 나누던
내 것 네 것 없는 공동체가

얼음집 녹아버리듯
공동체 흩어진 외톨이 되었네
(중략)

알래스카 얼음집 녹아 없어진들
시대를 초월하는 문화인이
얼음덩이보다 더 차가운
냉정한 가슴을 지닌 것은 마찬가지.
―〈얼음집(Igloo)〉 중에서

알래스카의 자연환경이 물씬 묻어나는 시편이다.

'북두칠성 물 바가지/기러기 하늘 펄펄 날아들며/늦은 밤 오색 구름 깔아놓으면/꽃사슴 짝지어 꽃단장이 분주하다'

이 시에서 시인의 시적(詩的) 기량과 어휘 구사력이 뛰어나다. 행간 시어(詩語) 에너지를 주며 살려내고 있다. 일상생활 저변에서 조우하는 사물들을 관조하며 빚어낸 서정성의 금과옥조(金科玉條)이다.

또 알래스카 최북단 Barrow(베로) 마을에 있는 에스키모 여우 털에 쌓인 이글루(Igloo, 얼음집)을 보며 쓴 시이다. 선조시대에는 얼음집이 서로 서로 집단으로 뭉쳐 나뭇잎 같은 카누 타고 고래 사냥하며 물개를 잡고 들판에 사슴 몰며 살았다. 이런 공동체 삶이 이제는 얼음이 녹듯 외톨이라는 표

현을 한 이 시는 서 시인다운 독특한 비유의 레토릭(Rhetoric)
이다.

4. 나가며

서 시인은 시집 『이 세상에 e-세상』에서 이렇게 회고하고
있다.

"지금까지 일상의 위선을 방어하는 내면의 갈등을 이겨내
려 진솔하고 투명한 것들을 안고 괴로워했다. 지천명(知天
命)이 되어서 가슴과 영혼 속에 질서 없이 뒤엉킨 글들이 하
나의 시(詩)로 엮어진 한(恨) 많은 노래들이었다."

또 그는 현대 소설가 'Le Clegio(르 클레지오)' 의 말을 인
용하면서 말미를 접는다.

"아마 언젠가는 예술이란 것이 없고, 오직 약(藥)만이 있었
다는 것을 알 것이다!'

시가 밥이 되는 것은 아니지만 어쩌면 저렇게 메마른 감성
을 가지고 살아갈까 하는 안타까운 마음과 순수한 마음으로
시를 썼다고 한다.

그러나 서 시인의 말처럼 거칠고 험한 e-세상에 더욱
더 열심히 정진하는 첫 걸음으로 출발하고자 열정과 의지를
가지고 시집을 발간하였다고 말한다.

지난 1955년 전라북도 부안에서 출생한 서용덕 선배님은 지금으로부터 25년 전 미국으로 이민을 가서 중국집 종업원으로 시작하여 고생 끝에 요리의 달인이 되었다. 지금은 중국점을 직영하면서 한국의 문예지 『미네르바』의 2007년도 신춘문예 응모 시부문에서 신인상을 수상한 분이다.

현재는 미국 미주한국문인협회 http://www.mijumunhak.com/ays 문학서재 홈페이지로 활동하며, 미주 크리스천문인협회 회원과 서북미문인협회 회원으로 시를 쓰고 있으며 비애의 소산물처럼 불의에 영합하지 않으려는 그의 비타협적인 자세는 카뮈를 연상케 한다는 우리들의 서용덕 시인.

동문수학(同門修學)한 학교의 선배님이자 알래스카에서 시를 쓰시는 서용덕(徐龍德) 시인을 따라서 함께 간 긴 여행이 마냥 즐겁고 행복하다. 한국 땅에서 지구의 반대쪽 먼 그곳까지 따라간 동행이 그리움과 가슴 따스한 e-세상에 이글루(Igloo)에 가득 고인 휴머니즘(Humanism)을 보았다. 그리고 서 시인의 감미로운 서정적 율조(律調) 미학(美學) 시론(詩論)에 감읍되어 눈물겹다.

나는 말하리라!

"아브라함 서용덕 선배님! 훗날 내가 알래스카 땅을 밟는 날, 둘이서 호피(虎皮) 하나씩 걸치고 살가운 인연 속 쾌속

질주에 질주 앞으로~! 앞으로~! 아이디타하로드(iditarod)

머셔(Mushier)!"

2007년 11월

대한민국 중원땅 문인산방에서

末學 후배 김우영 작가 절